МИХАИЛ ЕЛИЗАРОВ

МИХАИЛ ЕЛИЗАРОВ

МЫ ВЫШЛИ ПОКУРИТЬ НА 17 ЛЕТ...

Москва
Астрель

УДК 821.161.1-31
ББК 84 (2 Рос=Рус)6-44
    Е51

Оформление обложки:
*Василий Половцев,
дизайн-студия «Графит»*

Елизаров, М.
Е51   Мы вышли покурить на 17 лет... : [сборник
рассказов] / Михаил Елизаров. — М.: Астрель, 2012. —
285, [3] с.

ISBN 978-5-271-45074-7

«Если допустить, что у сочинителя на письменном столе
имеется две чернильницы с различной природой чернил, то эта
книга, в отличие от всех предыдущих моих, написана полностью
содержимым второй чернильницы. Такое со мной впервые.
    Отличительное свойство этих "вторых чернил" — вымысел.
В книге ни слова правды».

**УДК 821.161.1-31
ББК 84 (2 Рос=Рус)6-44**

Моей дочери Леночке посвящаю

Маша

Когда ты ушла от меня, точнее, не ушла, а просто оборвала телефонный разговор, словно оступилась и нечаянно выронила его из рук, и он, кувыркаясь, полетел вниз, как самоубийца с крыши, наш неудачливый разговор – ведь ты всегда так общалась со мной, будто вот-вот упустишь: пауза и короткая морзянка обрыва связи – «ту-ту», а потом не дозвониться...

После того как ты ушла от меня, хотя такое уже случалось, ты и раньше практиковала внезапные беспричинные уходы – из ресторана ли, посреди улицы, и при этом никаких объяснений, пару дней ищи-свищи...

Ты ушла, а я почувствовал, что нынче не репетиция, не блеф, и такой одинокий ужас навалился на меня, горячий, мокрый, телесный, точно обезумевший водный спасатель, тяжелый, как сом, который вместо того, чтобы наполнить захлебнувшуюся грудь воздухом, наоборот, резким своим вдохом сплющил мои легкие, словно бумажный пакет, и мне показалось, что я обмираю, обмираю, обмираю...

Такое осыпающееся тленное состояние. Наверное, я обмирал и в прежние разы, но ты возвращалась, и я, как разрешившаяся счастливая роженица, на радостях сразу и напрочь забывал то поверженное состояние.

Ты ушла по телефонным проводам, не перезвонила ни через день, ни спустя неделю. И в этот миг – причудливый временной феномен – неделя, упакованная в миг, – я понял, что действительно все кончено. И семеро минувших суток, точно расколдованные трупы, вздулись, лопнули и разложилась на тысячи рыхлых мучительных минут.

Однажды я терпеливо, как боевой радист, выкликал твой номер три часа кряду – гудки, гудки. Я слал тебе смсы. Грубые: «Ты – блядская сука!» и нежно-беспомощные: «Любимая, объясни мне, что произошло?!»

Я пытался достучаться до тебя в твоем ЖЖ – отхожее женское местечко, сортир амазонок, для Ж и Ж, – но ты прилежно выполола мой комментарий, а меня «забанила» (вывела босого в исподнем за бревенчатую черную баню и прикончила в мягкий затылок).

Я намеревался тебя караулить у твоего подъезда – внутрь дома было не попасть, подступы к лифту стерег грудастый, бабьей породы консьерж, – но благоразумно отказался от этого намерения, боялся, что ты придешь не одна, а с другим мужским существом, подобно мне практикующим письменное искусство.

Как младенцы тащат в рот всякую манящую дрянь, так ты затащила меня в свой дом на пробу – увела из книжного магазина, где я самовлюбленно и испуганно презентовал мое очередное бумажное чадо.

Я тогда только приехал в Москву. Сам я считал, что на заработки. Первые ноябрьские холода превратили работу в погодное явление: белесые и похрустывающие ледком под ногами заработки стали заморозками.

Бездомный, я прожил три дня в издательском офисе, а после снял нищий угол возле метро «Теплый Стан» – двойное название вскоре слиплось в засахаренный сухофрукт, в среднеазиатскую мигрантскую географию: узбекистан, кыргыстан, теплыйстан...

Низкорослая, как девочка, загребущая хозяюшка вытянула из меня восемь тысяч за комнату, в которой отсутствовала дверь, вместо нее ниспадала отставная штора, а окно занавешивала пыльная гардина, похожая на исполинский бинт. Письменного стола не было, поначалу я ставил ноутбук на подоконник, пристраивался, искривленный, бочком. Позже пересел к мебельной стенке. Одна из дверец стенки, подобно замковому мосту, открывалась горизонтально вниз. Я приспособил ее вместо стола. Она была узковата, дверца, на ней помещался лишь ноутбук, а места для мыши почти не оставалось, при неловком движении я скидывал мышь локтем, и она трепетала на шнуре, словно висельник.

В желтой, маргаринового оттенка стене над диваном торчали три голых гвоздя – плоские, как бескозырки вершины равнобедренного треугольника, – когда-то удерживали картины или фотографии. Щелистое окно комнаты сквозило. Я безуспешно конопатил его, но окно все равно цедило ментоловую стужу.

У меня почти сразу появилась писчая работа, за пятнадцать тысяч рублей я слагал колонку для раз-в-месячного журнала. Управлялся с ней в несколько дней, на скорую руку муштровал и школил слова, собирал глянцевую колонну и гнал на убой редактору. В остальное время высиживал новую книгу. А выходные вечера я проводил с тобой. И так четыре месяца кряду.

Ты прекратила нас накануне Восьмого марта. Кто-то из журнальных шапочных знакомцев бесчувственно шутил (каюсь, я всем и каждому жаловался на тебя, напрочь обезумел) сказал: «Чудесная подруга. Тебе не придется тратиться на мартовский презент», – так говорил мне, я бессильно улыбался шапочному дураку, а душа ныла, точно больной зуб.

Я сделался каким-то подкошенным и порожним, казалось, моя грудная клетка на мартовском ветру шелестит и хлопает полиэтиленовой пустотой. Что-то случилось с походкой, я потерял степенность, меня кружило, как сорванную афишу, я дергано оглядывался по сторонам, будто нянька, потерявшая ребенка...

Стал таким суетливым, беспокойным. Вздрагивал от любого резкого – даже не звука – движения. Однажды со стула на пол съехали мои брюки. Этот почти бесшумный, но неожиданный поступок одежды едва не выщелкнул сердце.

На меня, подранка, вмиг ополчились стихии природы и санитары городского леса. Редактор, чуя во мне творческого инвалида, впервые погнал прочь колонну моих рекрутов – не подошла колонка. Переписал проклятую – снова не подошла – на тебе! на! Обманул, до слез бессовестно надул издатель – на! на! Хозяюшка взвинтила прайс за штору до десяти тысяч – не нравится? Вот бог, а вот порог!..

Ко всеобщей пастернаковской травле подключилась моя иногородняя вторая половина – та, ради (из-за?) которой я уехал на заморозки. Позвонила. Не знаю, каким инстинктом поняла, что нужно затаптывать и добивать: – Подонок! Ты нас бросил! – в таком тоне она со мной еще не говорила. А рядом с ней, я слышал, плакал и тосковал мой сердечный ребенок, мой крохотный сынок, и просил: – Мама, мама, не кричи на папу!

Не помню, что я отвечал, вроде возражал: – Я в Москве не «поебываюсь», как ты выразилась, дурочка, а работаю!

Половина закончила плачущим воплем: – Чтоб ты сдох, пидор!..

А я вовсе не обиделся. Брань потеряла прежний смысл. Ну, пидор. С тем же успехом половина могла обозвать меня, допустим, вратарем: – Чтоб ты сдох, вратарь!

К началу второй недели твое отсутствие перестало быть дыхательно-сосудистой проблемой. Тоска перекинулась на кости. Нервически скулили ребра, будто через каждое пропустили верткую проволоку. Чтобы заснуть я хлестал валокордин – мятное старушечье снадобье. Оно помогало забыться на пару часов. Каждое утро начиналось жаром – меня словно бы всего обкатывали горящим спиртовым комом, и мне казалось, что я не просыпаюсь, а тлею единственной мыслью: ушла моя белокурая, моя мэрелиноподобная...

Вначале я попытался противопоставить тебе алкоголь. Здоровье отказало мне в этом тихом утешении. Двенадцать перстов моей язвы всем своим апостольным числом ополчились на меня. По утрам изжога разводила инквизиторский костер в пищеводе и мне казалось, что я отрыгиваю горючие угли.

От одинаковой, как тюремная стена, тоски по тебе я утратил способность к труду.

Когда-то шустрые мои пальцы разучились обрабатывать, вытачивать березово-карельские слова – токарю аминь. У меня конфисковали колонку.

В наваждении и умственной разрухе прошел месяц. А потом я стал удалять тебя, как осколки. Стер былые смсы, выпотрошил из ноутбука фотографии. Прекратил ежечасные экскурсии в твой журнал – вычитывать, не подыскалась ли мне замена.

Ты меня подкосила, обезножила. Но пришла пора становиться на протезы, танцевать «Калинку», искать колонку.

Для начала вздумал прибраться в комнате, вооружился хозяйским пылесосом. За вековым диваном в залежах пыли обнаружился мерзкий артефакт от прежнего жильца – использованный презерватив невиданного чернильного цвета, похожий на оторванное осьминожье щупальце. Пылесос храпел, точно конь, пока давился резиновой падалью.

Но стоило ли дальше позволять, чтоб на твоей блондинистой пу-пу-пиде свет сходился клином? Я снова сел за книгу и начал строить планы на Марию.

Ты ее застала. Помнишь Машу? Трогательное угловатое пугало из гугла, появилась с письмецом в моей почте, когда мы с тобой еще были в разгаре.

Признаюсь, ты была невыносимо трудной. Театральной сцены не принимала – ни драмы, ни оперы. Кино не любила. Ничему не радовалась. Разве правильно расставленным на бумаге словам. Тебя мог развлечь какой-нибудь жестокий глумливый цирк. Арена, на которой творится унижение неказистого маленького человека.

Ты заранее решила, что эта Маша некрасивая. И мы вдоволь насмеялись над невидимой. Она, видишь ли, разжившись моим мейлом, прислала стихи. Так забавно написала: «Здравствуйте, аметистовый. Я ваша по-читательница. Что означает – почитываю и чту. Мой сладостный, мне важно ваше мнение...»

Ты обсмеяла эти полудрагоценные аметистовые комплименты и Машины вирши – они были тягучие, многоударные, как шаманский бубен, изобиловали натужными метафорами.

Маша рифмовала пейзажи: небесные светила с осадками, зеленые насаждения с наслаждениями:

Земля в объятиях бетонного корсета,
Истерзанной листвой асфальт украшен,

Ночник дождя роняет слезы света,
Подъезда нужник холоден и страшен.

Ревнивые кусты сухими крючьями
Сосредоточенно и зло друг друга ранят,
И лишь луна, облапанная тучами,
На них лениво и холодно глянет...

«Ночник и нужник, день чудесный, еще ты дремлешь друг прелестный!» – ты хохотала, как ворона. Я тебе вторил. Обрадовался – понял, чем тебя смешить. Ты на дух не выносила лирику. Я сам повадился слагать стихи, чтобы угодить циничной природе твоего смеха.

За окном идет снежок, снежок,
Я тебя убил и поджег.

Дурашливый хорей шел в комплекте с девятнадцатой шанелью к Восьмому марта – но ты не дождалась подарка.

А Маше я тогда ответил. Похвалил в сдержанной манере. Она воодушевилась. Выслала новые стихи: «Будильник брызжет звонами, и сон дрожит туманами».

Я промолчал, Маша также взяла деликатную паузу. В декабре, где-то на середине нашего маршрута, ты провела первую репетицию – пропала дня на два, а потом объявилась, видимо, поняла, что я еще не приручился, что не буду, одинокий, крово-харкать.

Маша поздравила меня с Новым годом. Вычурно и смешно: «Лазоревый! Вам наверняка пожелают здоровья и счастья. Я хочу, чтобы Вы запомнили меня в букете поздравлений. Поэтому желаю: пускай в следующем году рыжий поросенок прилипнет к потолку! Знайте – я на праздник совсем одна, острижена, как бледный маленький герцог, и пью морс».

Я ответил: «Пусть рыжий прилипнет», – чувствуя карамазовское, подло-стариковское копошение, похотливое паучье движение сладострастных пальцев – вот что вызвал во мне маленький герцог: одиночество, беззащитность, липкая бледность стриженого паха и алая струйка морса. Подумать только, невидимая Маша на минуту совратила меня. Но я был слишком в тебя влюблен, а гугольная поклонница просто удачно потрафила моему воображению.

Она и позже слала мне нечастые весточки. Одна такая пришла, когда тебя уже не было со мной: «Каро мио, очень беспокоюсь о Вас. Не случилось ли худого? Точнее, худой? Сама я тощая, но не терплю худышек...»

Я уверился, что Маша послана мне в утешение.

Вскоре после генеральной уборки (моя, моя вина, в чернильном гондоне я не разгадал зловещего знамения!) назначил герцогу встречу. Написал: «Маша, мы с вами знакомы без малого полгода. Давайте повидаемся». Я из шика сохранял это множественное «вы», приберегал для будущего: «Машенька, позвольте, Машенька, снимите, Машенька, раздвиньте...»

Договорились встретиться в центре, у памятника Пушкину. Накануне сошел снег, подмокший апрель от нахлынувшей отовсюду земли казался черным. Пахло травяными кормами и влажной пашней – крепкие сельскохозяйственные запахи. Солнце заново училось припекать, но как-то неуверенно, странно, будто ощупывало то там, то здесь теплыми пальцами.

Я ждал. Маша опаздывала. Я кружил вокруг бронзового сводника, высматривая тебя, моя милая, – был почти уверен, что Маша выглядит словно твоя добрая разновидность.

На пятнадцатой минуте решил звонить. Маша заранее прислала свой телефонный номер – помню, он болезненно цапнул меня клычками: две последних цифры были четверками. Представляешь, милая, Машин номер, как и твой, имел оскаленную змеиную челюсть.

Маша отозвалась: «Я уже пришла, но вас пока не нахожу», – в телефоне вместе с Машиным голосом звучал тверской шум. Просигналила машина, и я услышал в трубке близнец клаксона. Маша была совсем рядом.

И тут я увидел Машу...

Не так. Я увидел ее, но я даже не подумал, что это Маша. Я рыскал глазами, но она сама заговорила со мной: – Это я, лазоревый...

Косо улыбнулась, и я понял, что Маша уже презирает меня за мою оторопь, за мой мужской испуг. Где-то в ветвях страшно расхохоталась ворона.

Если допустить, что Машины зубы были напечатаны в таймс нью роман кегль двенадцать, то два заглавных ее резца были восемнадцатой верданой. К зубам у Маши оказалось бесполое лицо горбуна – привидение из моей давней бумажной фантазии. Она была похожа на скрипача, на мальчика-

19

калеку с волосами провинциального Башмета – редкое сальное каре до плеч. Верхняя губа, как гусарская баллада: ме-ня-зо-вут-юн-цом-без-у-сым, без-ос-но-ва-тель-но-зо-вут!.. Угреватый, будто наперченный нос. Покрасневший, в шелухе лоб. Обметанные белым губы, точно она, как пугливая троечница, у доски поедала мел. Вывихнутые вздернутые плечи – помнишь, я сочинял тебе: «И вывихнуто плечико у бедного разведчика...»

Я был близок к дикарской реакции – отмахиваясь рукавами, кричать: – Что за дурацкие шутки? Где настоящая Маша?!

– Здравствуйте, Маша, вот и свиделись, – пролепетал я. – Пойдемте пить кофе.

А что мне оставалось делать? Я, разумеется, не взял Машу ни за руку, ни под руку, она расхлябанно плелась рядом.

– Как дела, Маша? – Я оглянулся. Она словно нарочно отстала, чтоб дать мне ее рассмотреть с головы до пят. Ну, конечно же, все было не так ужасно. Обычная некрасивая сверстница – может, чуть старше. Простенько, почти бедно одетая – в зябкий до колен синий пуховик с капюшоном, ниже – джинсовые штанины и промокаемые сапожки.

– Дела? Превосходны, мой лазоревый. Я прямо с похорон...

– Ах, Маша, ну почему вы не сказали, что сегодня неподходящий день для встречи? Мы бы перенесли на другое время. Надеюсь, несчастье не в вашей семье?

– И не надейтесь, каро мио! – Машины глаза воссияли. – Умер мой брат, – она сполна насладилась моей растерянностью.

– Маша, я соболезную...

– Пособолезнуйте мне пятнадцать лет назад, когда он изнасиловал меня, – Маша мстительно оскалилась желтоватыми шрифтами. – Но я не могла не проводить его, вы понимаете? – снова пронзительный взгляд искоса.

О, Господи! Бежать, прочь бежать, как Мизгирь...

Я доволок Машу до Кофе-Хаоса – ибо таков порядок.

В пятничный юный вечер почти все столики были заняты. Отыскалось место в курящей половине. Мы уселись посреди веселых и глупых, как елочные игрушки, людей.

Я листал меню, Маша гримасничала – казалось, она разминает перед боем лоб и щеки. Я предложил нам капучино, созвучное Машиной кручине.

– Два средних! – попросил я у прислужницы Хаоса.

Разговор не клеился. Маша, сложив брезгливой гузкой рот, виляла им во все стороны, точно обрубком хвоста.

Потом сказала: – Прискорбно, лазоревый. Мы с вами видимся первый и последний раз. Вы больше не придете...

Произнесла с такой болью. А что я мог ей возразить, милая? Она была права. От лживого – «ну, что вы такое говорите, Маша, мы с вами еще много-много раз» – выручил заказ.

Маша погрузила гузку в капучино, вдруг неожиданно вернула покойного братца: – Но вы не осуждайте Альберта, каро мио. Давайте-ка я вам покажу его...

Маша полезла за шиворот – под распахнутой курткой показался отворот пиджачка – вытащила что-то вроде плоского кожаного портмоне, достала фотографический ломтик три на четыре. Со снимка смотрел пучеглазый базедовый башмет, отдаленно схожий с Машей.

– Он был старше меня на три года. Имел дивный талант к математике. Но из армии вернулся законченным шизофреником. Его там изнасиловали, лазоревый. Он пытался покончить с собой, а в результате надругался надо мной. Мама чуть не умерла, когда узнала. Мы никуда не сообщали – оставили в избе весь этот сор. Но я его простила!..

Маша говорила излишне громко. Ее бравый рассказ, вероятно, был слышен соседним столикам.

Маша ринулась ртом в чашку, будто в пучину, вынырнула с густой кофейной бахромой на губе.

– Он скончался от рака поджелудочной. Это произошло из-за тех ужасных таблеток, которыми его пичкали. Он чудовищно растолстел, у него вылезли все волосы...

За ближним столиком произнесли: – Усы, как у ебаной лисы! – юные голоса расхохотались.

Маша почему-то приняла «лису» на свой счет. Она утерла усатенькую губу и, взяв капучино, пошла на врага. Я не успел еще ничего понять, как Маша, выкликнув отчаянное междометье, плеснула в грубиянов. Я одеревенел от неловкости.

Милая – и смех и грех. Зазвенели ложки и блюдца. Опрокинулись два стула. Пострадавшая – смешливая девица в белой кофте – сидела точно после выстрела в грудь, растопырив глаза и руки. Ее соседка восклицала: – Оля-а! Оли-и-чка-а! – и удаляла салфеткой капучиновые раны. Маша, похожая на тютчевскую Гебу, потрясала громокипяшей порожней чашей. Дружок раненой девицы отряхивал брючину. Вся курящая резервация, вначале онемевшая, загомонила: что такое, что за ужас? Прислуга Кофе и Хаоса уже спешила на погром. Измаранный дружок двинулся было к Маше – нерешительное лицо его выражало «казнить нельзя помиловать». Вдруг остановился, пораженный: Маша вращала головой, как пращей. Приоткрыла рот и повалилась. На полу принялась содрогаться, изо рта показалась негустая слюна, словно Маша выпускала на волю выпитое пенное капучино. Кто-то крикнул, что нужно срочно вызвать скорую, соорудить кляп, чтобы Маша не прикусила язык.

Я так и не понял, был ли это настоящий припадок или она симулировала падучую. Маша охотно приняла ухаживания всех сердобольных, послушно закусила импровизированные удила из скрученной жгутом салфетки. Поколотившись еще пару минут, она встряхнулась, как собака, быстренько встала и обратилась ко мне своим выпуклым лбом: – Лазоревый! Везите меня домой...

Я остановил на дороге азиата-кочевника, кое-как запихнул Машу в машину, сунул ей пятьсот рублей. Она цеплялась, норовила вывалиться на тротуар, тянула руки: – Не уходите! Простите!..

– Дорогая, вы ни в чем не виноваты!.. – Я утрамбовывал Машу поглубже, пришпоривал водилу: – Да поезжайте же, черти вас дери!

Уехал, увез. Милая, в тот вечер я о тебе не вспомнил. Я был полон Машей.

Она перезвонила через пару часов. Я слышал улицу. Маша прокричала, что азиат пытался ее изнасиловать, отобрал пятьсот рублей и выбросил по дороге – она бы расшиблась насмерть, но выжила, благодаря физической подготовке – два года фигурного катания по Дому пионеров – успела сгруппироваться и приземлиться на бок.

Я сказал: – Маша, надо немедленно обратиться в милицию.

– Никто не станет его искать, – отвечала Маша. Пригорюнилась: – Я сегодня напугала вас, мой сладостный, со мною много хлопот... Но вы позволите мне вам звонить?

– Конечно, Маша...

Каждый божий день! У нее в мобильнике был установлен какой-то палаческий тариф,

25

позволявший ей общаться часами. Она не знала меры. Назначала встречи, будто нападала из засады: – Потом добавить лавровый лист, имбирь и красный перец... Каро мио, а приходите-ка в гости, я вас попотчую...

Я из последних сил выискивал предлоги для отказа: порвался гуж, кучер не дюж...

– Доброе утро, мой сладостный! Проснулись? Хочу, чтобы вы пригласили меня на танец... – Маша заливисто, по барабанным перепонкам, смеялась. – Вам ничего не придется делать, каро мио. Слышите музыку?..

Бум-ца-ца, бум-ца-ца, бум-ца-ца.

– Слышу, Маша...

– Штраус! Он волшебный. Ну, давайте же руку – вот сюда, на талию и кружите меня...

От этого можно было сойти с ума. Но я согласился. Мы танцевали не реже трех раз в неделю. Мазурку, польку, краковяк, танго...

На летке-енке «прыг-скок, утром на лужок» я забастовал: – Маша, я устал от ваших плясок. Ради бога, дайте поработать!

Она обиделась и не появлялась, быть может, неделю. Милая, я благословенно подумал, что недооценил ее обидчивость.

Звонок. Трубка шумно задышала и разрыдалась: – Лазоревый, беда! Я вам рассказывала, что у меня есть дочь...

– Да, Маша...

– Дочь Элеонора. Ей пятнадцать лет. Мой бывший гражданский муж Юра, физик-теоретик, он восемь лет назад ушел из науки, занялся бизнесом, продавал оптоволоконный кабель в Аргентину. Их крышевали чеченцы. И вот теперь выяснилось, что Юра им много задолжал, и они выкрали Элеонору! Они мне звонили, требовали деньги. А Юра пропал!..

Начиналась лезгинка. Коленца с чеченцами.

– Но чем я могу вам помочь, Маша?!

– Поговорите с ними!..

– С кем?

– С похитителями моей Элеоноры!

– Маша, я не умею говорить с чеченцами. Да и что я им скажу?!

– Пригрозите...

Взамен мне пришлось минут сорок успокаивать Машу. Сизифов труд – утешать безутешное.

Я не особо поверил Машиной мыльной экзотике про Аргентину и стекловолокно, хотя чем дьявол не шутит...

– Лазоревый... – по утру меня разбудили рыдания. – Простите, я не сказала вам всей правды. Элеонора... Она не дочь Юры.

Ее настоящий отец – мой покойный брат Альберт!..

Час от часу... Спаси и сохрани...

– Я тогда забеременела... Юра об этом не подозревал. Чеченцы тоже не знают, они думают, что Элеонора – дочь Юры. А что если сообщить чеченцам правду?! Вдруг они вернут Элеонору? Расскажите им сами, вы сумеете, я вам доверяю! Может, вам накладно звонить? Я дам ваш телефон!..

– Маша, прошу вас, не давайте мой номер никаким чеченцам!..

Я встал с дивана. Сон как рукой сняло. Вдалеке маячили подъемные краны, похожие на виселицы из стрелецкого бреда.

Маша позвонила в полдень.

Взволновано дыша: – Лазоревый! Я все устроила сама. Решила продать квартиру. У меня к вам одна просьба – помогите найти маклера! Я так боюсь обмана!

– Маша, дорогая, но у меня нет знакомых риелторов! В интернете полно всяких фирм – посмотрите...

Я перестал отвечать на звонки. Отправил смс: «Я в роуминге».

Маша вступила в телефонную переписку: «Лазоревый, я так ужасно по вам тоскую!», «Когда вы возвращаетесь? Нужно посоветоваться», «Целую подушечки ваших гениальных пальцев», «Мне предложили за квартиру рассчитаться швейцарскими франками. Соглашаться?»

Маша была регулярна, как прием лекарства – четыре раза в день.

Каждый день приносил новости от Маши. Но вскоре разыгралась нешуточная драма.

«Убили Элеонору!», и с интервалом в четверть часа: «Срочно позвоните, иначе будет разрыв сердца!»

Я содрогнулся. Сколь велико было Машино отчаяние, раз она отважилась умертвить свою кровиночку – Элеонору Альбертовну, Элеонору Лже-Юрьевну.

Через пару часов получил смс: «Здравствуйте. Это сестра Маши – Валерия. Я пишу Вам с ее телефона. Маша находится в первой градской больнице, состояние критическое». Другой почерк, чужая интонация. Не восторженная Маша, а прозаичная, как гречневая крупа, Валерия.

Я не поддался. Стиснул кулаки и не ответил.

Днем: «Это снова Валерия. Марии стало хуже. Предстоит сложнейшая операция».

На закате: «Операция прошла неудачно. Возможен летальный исход. Валерия».

В ночи: «Мария впала в кому. Приезжайте проститься».

Иногда я сомневался в авторстве, и мне мерещилась монструозная кузина, очередной башмет, несущий вахту у Машиного смертного ложа...

В два часа ночи меня разбудила, будто ткнула пальцем, печальная весть: «Мария умерла».

Форсированная драматургия загнала неопытную и страстную Машу в могилу. Кто перехватит эстафету ухаживания? Неужели Виктория?

Утром пришло: «Прощание с Марией состоится завтра в 11 утра. Приезжайте по адресу метро Первомайская, 7-я Парковая улица, дом такой-то, квартира эдакая. Прошу подтвердить ваше присутствие. Больше я Вас не потревожу. Валерия».

Изредка мелькала мысль, не прошвырнуться ли на Машины поминки, чтоб повидать их всех: сестру Валерию, физика Юру, чеченцев, Машу в утлом гробу...

Впрочем, знал, что не поеду: первомайский адрес за версту разил первоапрельским похоронным фарсом.

Милая, в те непростые минуты я просил у тебя прощения за мои былые звонки и письма, за позорную погоню с оттопыренным крючковатым мизинцем – вернись, вернись и больше не дерись.

Я отпускал тебя, милая...

А днем пришла лазоревая смска: «Слухи о моей смерти преувеличены. Умерла другая Мария. Взбалмошная сестрица Валерия, как обычно, напутала, простите ее. Вообще, столько всего произошло – давайте же повидаемся! Ваша Маша».

Паяцы

Сердце изболелось, глядя на Марину Александровну и Вадима Рубеновича.

У летнего кинотеатра сцена фактически отсутствовала, лишь коротенький выступ, похожий на обиженную нижнюю губу – «кинотеатр вот-вот расплачется», – поэтому к выпяченной губе специально пристроили подмостки и две фанерные кулисы.

На Марине Александровне были тряпичные шорты на косой помочи, поверх родной прически – зеленый поролоновый ирокез.

– Слушайте новости! Свежие огородные новости!..

Выкрикнула деланым мальчишеским голосом.

– Ах, зачем ты так шумишь, невоспитанный мальчишка?! – подхватил реплику Вадим Рубенович.

К подбородку он приладил седой козлиный локон, а на переносицу самодельное, из проволоки, пенсне. Халат и шапочка были поварские. Чтобы превратить их в одежды сказочного лекаря, на шапочке губной помадой нарисовали жирный крест.

– И где ты только вырос?..

– На грядке, синьор! Разве вы не узнали меня?! – Марина Александровна прибавила задора.

– О, конечно же узнал! – лукаво отозвался Вадим Рубенович, профессионально адресуя фразу зрителям. – Достаточно взглянуть на твою головку-луковку!

Марина Александровна была Чиполлино, а Вадим Рубенович, стало быть, изображал Айболита...

Это все называлось «затейничество». Два сказочных персонажа в течение полутора часов занимались групповым развлечением отдыхающих малышей – песни, пляски, конкурсы с копеечными призами.

То есть Вадим Рубенович, к примеру, играл на аккордеоне, а Марина Александровна пела игрушечным дискантом: – А-а-блака-а-а, белогривые ло-ша-а-а-дки!..

Главное, чтобы дети подхватили песню. Марина Александровна для этого делала такие приглашающие движения руками – мол, давайте, все вместе, хором: – А-а-блака-а-а-а!..

Или конкурс. Чтение стихов. Любых, кто что вспомнит. Искусство Марины Александровны заключалось в умении обнаружить потенциального добровольца, а потом заманить его на сцену...

В пионерский лагерь «Дельфин» вместо настоящих малышей администрация согнала подростков. Бессовестных, шумных, омерзительного пыльно-копчёного цвета – июльская смена подходила к концу. Похожие на павианов, они по-собачьи улюлюкали и не желали участвовать и подпевать. Я смотрел на Марину Александровну и Вадима Рубеновича, испытывая чувство беспомощного стыда.

Я сошёлся с паяцами неделю назад. Приехал, изнуренный удушливым плацкартом. Крымский зной оглушил. Я снял втридорога комнату в крепких кулацких хоромах из песчаника. Панцирное ложе было продавлено и больше напоминало не кровать, а гамак. На полдня я забылся обезумевшим сном. Очнулся, вконец угоревший, поплелся к морю.

Мое северное туловище под солнцем казалось мне даже не белым, а ливерно-сырым. Я застеснялся самого себя и пошел искать укромное место. Вначале шел через раскаленную толпу по набережной, мимо дышащих мясом и тестом лотков, мимо скрипучих причалов, мусорных баков, набитых выеденными арбузными черепами. Воздух от жары дрожал и звенел. Пахло водорослями, кипарисами, жареной осетриной и общественными уборными.

Наконец, асфальтовая тропа скатилась под гору, растворилась среди камней. В вышине, похожая на шахматную ладью, желтела античная руина. Рядом переливалось кварцевыми искрами зеленое пышное море.

– Эй! Молодой человек! Вы сгорели! – крикнула мне Марина Александровна. – Немедленно сюда! Тут за камнем тень!

Я пошел на зов. Старался смотреть не на Марину Александровну, а вокруг. Всю ее ладную фигурку покрывала высохшая глина цвета нежной патины. Миниатюрные грудки были размером с крышку от заварного чайника. Низ живота заканчивался волнительной эспаньолкой. У керамических ног Марины Александровны сидел глиняный, как голем, худой и голый Вадим Рубенович – улыбался. Так мы познакомились.

Вадиму Рубеновичу было сорок лет, Марине Александровне – тридцать шесть. Жили они вместе восьмой год, но только в этом апреле расписались – молодожены...

Вадим Рубенович, сколько себя помнил, работал в самодеятельности, Марина Александровна раньше отплясывала в народном коллективе. Подружились они здесь, на отдыхе, подумали и соорудили три программы: детскую, взрослую – всякие юмористические сценки, и певческую – романсы, песни из репертуара Никитиных...

– Мишенька, я видел, как вы за нас переживали, – Вадим Рубенович поливал из рукомойника свою лысую, точно пешка, смуглую голову. – Вам кажется, что мы оскорблены, унижены... Это неправда. Взгляните на ситуацию по-другому. Мы три месяца проводим на море, отдыхаем и при этом зарабатываем неплохие деньги... А на всяких оболтусов внимания не обращаем. Да, Мариш?..

Мы встречались на камнях каждое утро. Паяцы так потешались над моими плавками, что на второй день я отважился и снял их, плавки. Затем позволил Марине Александровне обмазать себя глиной, превратить в истукана.

– Мишулечка, – щедро восторгалась Марина Александровна. – Какое у вас красивое тело! Аполлон! Аполлон!

– Вы тоже очень красивая, – хвалил я Марину Александровну. Стройные балетные ноги, пожалуй, смотрелись излишне крепкими, громоздкими. Вообще, нижняя часть Марины Александровны была словно на размер больше верхней ее половины. Но в целом она выглядела хорошо. Белозубая, зеленые, цвета крыжовника, глаза.

Мне было двадцать четыре года, и немолодые паяцы взялись опекать меня. Подкармливали абрикосами, грушами, виноградом. Ночами провожали до калитки – я расточительно поселился рядом с морем, а они снимали где подешевле – экономили.

По утрам Вадим Рубенович уплывал на крабовую охоту, плескался среди подводных камней. А Марина Александровна нежно покрывала меня глиной. Поначалу только спину, но потом как-то случайно я подставил ей живот, поворачиваясь, точно горшок на гончарном круге.

Однажды, когда Вадим Рубенович, взбрыкнув ластами, надолго занырнул, она приложила к моему паху ладонь полную жидкой глины и прошептала каким-то оступившимся голосом: – И здесь тоже надо намазать...

Я вздрогнул. Мы оба, как по команде, уставились на волны, не всплыл ли Вадим Рубенович. Над водой лишь парила одинокая чайка, похожая на матроску цесаревича.

Вечерами на набережной гремели дискотеки. После той распростертой чайки Марина Александровна не позволяла мне знакомиться с ночными крымскими девочками, легкими, блестящими, словно стрекозы. Стерегла меня, улучив мгновение, припадала к моему уху горячим от выпитой «Массандры» шепотом: – Обожаю, обожаю тебя...

Дома я укладывался в свой железный гамак, представлял Марину Александровну и облегчал себя рукой.

Мы изнывали. Вадим Рубенович погружался в пучину, я стремительно приникал к Марине Александровне, коротко впивался губами в ее крошечную грудь, точно не целовал, а клевал. Или же мы жадно схлестывались солеными горячими языками – ровно на протяженность вдоха Вадима Рубеновича, едва успевая отпрянуть друг от друга, прежде чем над водой блеснет на солнце стекло его маски. Каждый такой рваный поцелуй распахивал глиняный кокон в моем паху, выдавая меня с потрохами...

В канун моего отъезда мы попались. Вадим Рубенович возвращался с охоты излишне торопливым брассом. Почти бегом подошел к нам. Я быстро перевернулся вниз животом, чтобы скрыть вздыбленный бесстыжий потрох. Вадим Рубенович с высоты своего роста посмотрел мне в лицо, будто заглянул под кровать.

– Михаил, вы поступаете очень дурно! – резко сказал он.

– А что случилось? – недоуменная беспечность не удалась. Голос скрипел на зубах, словно каждое слово обваляли в песке.

– Вы сами все прекрасно понимаете, – Вадим Рубенович даже не смерил, а взвесил меня презрительным взглядом и отбросил в сторону. – Марина, собирайся, мы уходим!

– Какая-то глупость... Недоразумение... Глупость... – бормотал я, чувствуя спекшиеся от неловкости щеки. Марина Александровна молча набивала сумку. Вадим Рубенович, надев на руки ласты, похлопывал ими, как ладошами, – поторапливал.

Они ушли. Я маялся. Представлял, что там, за валунами, Вадим Рубенович, так и не снявший хлесткие ласты, точно оскорбленный тюлень, отвешивает Марине Александровне злые пощечины, а она покорно принимает их и не закрывает виноватого лица.

Заноза и Мозглявый

Заноза увидел Мозглявого. Узнал и вздрогнул от радости. Целым организмом содрогнулся, одним оглушительным пульсом, точно сердце вдохнуло и выдохнуло сразу всеми кровяными литрами. Опомнившись, Заноза сообразил, где виделись. По телевизору виделись. Вчера по MTV показывали Мозглявого — жиденький, невысокий, щуплое личико, крашеные канареечные волосы сзади топорщатся птичьим хвостиком — три перышка налево, два направо. И фамилия у Мозглявого была наполовину игрушечная, детсадовская — похоже на Птичкин или Лисичкин. Мозглявого хвалили, он оправдывался и благодарил.

А Заноза просто заглянул погреться в «24 часа». В центр приехал погулять, весь вечер ходил без смысла, будто патруль, с улицы на улицу. Время наступило холодное, ноябрьское, а куртка на Занозе была легкая. Хорошая пацанская куртка. Но, как говорила баба Вера, на рыбьем меху куртка. Заноза для тепла поддел свитер, и теперь из рукавов, словно кишки из рваного живота, лезли неопрятные шерстяные манжеты.

А на Мозглявом куртка была хоть и черная, но полупацанская. Со смешными пуговицами – длинными, как патрончики. И на ногах ботиночки. Заноза даже усмехнулся. Не нормальная мужская обувь, берцы там или сапоги, а именно кукольные «ботиночки»...

Но до чего же он обрадовался Мозглявому. По-людски обрадовался. Как родному. А-то ведь за весь вечер ни одного знакомого лица.

– О! – Заноза раскрылся, широко шагнул навстречу Мозглявому: – Я, значит, гулял, – пояснил он, – потом сюда!

Заноза ничего покупать не собирался. У него было свое в бутылке из-под коньяка – ликер пополам с бабкиной наливкой и водкой. Заноза называл это «рижским бальзамом», потому что раньше носил с собой бутылочку из-под «рижского» – красивую, керамическую. Пока с пьяного несчастья не

42

уронил. Затем стал наливать дозу в коньячную чекушку, но по старинке все, что ни намешивал, называл «рижским бальзамом».

Так и было. Заноза грелся, взгляд его, беспокойный и непредсказуемый, как муха, кружил по витрине, взмывал, пикировал на щеку продавщице, туда, где родинка, похожая на нежно-рыжую шляпку опенка, оттуда на потолок и снова вниз, к золотой россыпи «трюфелей». И тут – раскрылась дверь и зашел Мозглявый в полукурточке и ботиночках.

– Не вспомнил? – честно удивился Заноза. – По телевизору ж виделись! Вчера!

Мозглявый натруженно улыбнулся. Он привык, что его последний год узнают на улицах, в магазинах. Слева направо осмотрел Занозу. Как будто мелком контур обвел. И потерял интерес.

Внутри Занозы дрогнула болезненная струна. Он понял, что не понравился Мозглявому. По одежке приняли – по манжетам шерстяным...

А Заноза нормально выглядел. Куртка, штаны, берцы. Все черное. Свитер зеленый с коричневым зигзагом. Аккуратно подстрижен. На левой руке – часы. Баба Вера всегда говорила, что у мужика должны быть часы. Роста Заноза был высокого. В принципе –

широкоплечий. Только плечи как-то к низу тяготели, словно Занозу тащили из тесной трубы. Эти скошенные плечи Заноза пять лет в зале выпрямлял. И тренер обещал: работай и расправятся. Все равно не поднялись, лишь обросли какими-то горбатыми мышцами.

– Это ж ты? – радушно уличал Заноза Мозглявого.

– Я, – разоблаченный Мозглявый вильнул глазами, чтоб объехать раскинувшегося, как грузовик, Занозу. Не получилось.

– Кра-са-ва! – Заноза уже перегородил собой все пространство, потянулся, чтобы ласково потрепать Мозглявого за холку. Тот отступил на шажок, увернулся, точно малая собачка.

– Куросава, – вполголоса пошутил Мозглявый. Спохватился, что Заноза не поймет его образованной иронии, выдал вежливую заготовку: – Спасибо. Обычная роль в среднем сериале...

– Ты ж актер! – бурно возликовал Заноза. От избытка чувств шлепнул Мозглявого по щуплым плечикам с обеих сторон, словно взбивал подушку. – Я тебя сразу узнал!

Шлепнул и ощутил, как сотряслось хлипкое воробьиное нутро Мозглявого. А Заноза радовался разве что в четверть силы. Ну, может, чуть жестче, чем позволял этикет. Вообще Занозу несколько задело такое нарочитое неуважение. Деликатней нужно относиться к людям, которые тебя узнают и приятные слова говорят. Ясно, что Мозглявый, конечно, да – Мозглявый, актер и все такое. Но ведь и Заноза-то не хуй с горы. Это ведь тоже понимать нужно...

А Мозглявый решил попрощаться, улыбнулся так, типа «ну, бывай, пока», и с места заспешил.

– Дима! – представился Заноза. Подумал и добавил: – Заноза! Тебя как?..

– Андрей, – промямлил в сторону Мозглявый. Занозу царапнуло, что Мозглявый явно обошелся бы без рукопожатия. Просто Заноза первым протянул руку и не оставил Мозглявому шансов на хамство. Мозглявый, чтоб отделаться, сунул ладошку – штрык и сразу потащил обратно. А Заноза ладошку не пустил, прижал. Тоже чуть сильнее, чем следовало. Мозглявый поморщился, стал тащить на волю помятые пальчики. Маленькие они у него были, одинаковые, все пять – как мизинцы...

– Придавил? – фальшиво озаботился Заноза. Он знал, что хватка у него железная. – Извини, это из-за бублика моего резинового...

Заноза имел в виду кистевой эспандер. Тугой был. Заноза купил его в восьмом классе и поначалу всего десяток раз сжимал. А с годами кулаки вошли в силу. По очереди со жвачным коровьим упрямством часа по два кряду жевали эспандер...

– Я его по пять тысяч раз мну. Медитирую. Пальцы чувствительность теряют... Больно сделал? – Заноза повинился: – Не хотел...

Слукавил. Заноза чувствовал чужую боль, как свою. В том смысле, что каждой жилочкой понимал, что именно испытывает человек, когда Заноза пожатием крушит ему ладонь. И кулак у Занозы был чуткий, точно медицинский зонд. Если Заноза бил в плечо, то будто вживую видел, как на ушибленном месте расплывается синяк, набухает тягучей болью гематома...

– Ну, чё, – Заноза гостеприимным жестом похлопал себя по карману куртки, где лежала коньячная чекушка. – Давай за знакомство. Рижского бальзамчику. М-м?..

– Не пью, – сухо отказался Мозглявый.

– Даже рижский бальзам? – удивился Заноза. – Ну, я тогда не знаю... Ты не смотри, что бутылка такая, – спохватился он. – Это я специально перелил. Но там рижский бальзам.

– Совсем не пью спиртного, – пояснил Мозглявый.

– Да ладно... – не поверил Заноза. – Бальзам – во! – Он показал большой палец.

При всей внешней ладности в теле у Занозы имелся серьезный эстетический минус – большие пальцы на руках. Были некрасивые. В школе эти пальцы дразнили «сименсами», потому что они внешне напоминали те первые монохромные мобильники с мутными выпуклыми, как ногти, экранами – типа С35. Одноклассники пытались перекрестить Занозу в Мистера Сименса, но не прижилось прозвище. Во-первых, Заноза раньше всех виновных наказал. А во-вторых, не было в нем ничего от Мистера Сименса. Он всегда был Димой Занозой. Разве что баба Вера звала Димулькой. Но пальцев своих Заноза долго стыдился. И на бокс записался, потому что кулаки любил больше, чем разжатые пальцы.

С возрастом Заноза этот «сименсов комплекс» поборол. Правда, первую мобилу взял от «Моторолы», хоть «Сименс» был подешевле. А так, в быту, он часто свои пальцы обшучивал. Особенно когда с девушками знакомился. Оттопыривал большой палец и говорил: «Девушка, можно ваш номерок? Я записываю», – и вроде бы набивал его в палец, как в телефон, а кнопки голосом озвучивал – пим-пим-пи-пи-ри-пим. И сразу с большого пальца звонил – шутка такая...

– Я тут не каждому предлагаю бальзаму выпить! – Заноза позволил себе слегка обидеться. – Это же от души. От симпатии!

– Вы русский язык понимаете? Я не пью! – категорично повторил Мозглявый. Причем произнес таким тоном, что было понятно – спиртное Мозглявый очень даже пьет, но не с такими, как Заноза. И не «рижский бальзам»...

– Раз не пьешь, чё пришел? – тяжело, словно опуская бетонную плиту, спросил Заноза.

– Пойду, – куда-то мимо ответил Мозглявый. Развернулся и заспешил прочь.

– Как скажешь, – терпеливо согласился Заноза. – Пойдем на воздух...

И вышел вслед за Мозглявым.

Грохотом и бегущими огнями навалилась улица. Свистящий холодок чуть остудил обиду.

– Приятно встретить творческую личность! – проорал Заноза на ухо Мозглявому. – Ты вообще чем по жизни занимаешься?

– В кино... – неохотно отозвался Мозглявый, – снимаюсь!..

Заноза подождал, вдруг Мозглявый спросит о его, Занозиных, делах. Тот невежливо шагал и молчал.

– Я на гитаре играю! – перекрикивая ветер, доложил Заноза. Мозглявый никак не отреагировал на новость, что перед ним музыкант. Может, просто не поверил.

– Вчера играл долго! – сочинял Заноза. – Чувствую – не идет музыка! Так я с досады гитару взял и об пол разбил! Ба-бах, на хуй!.. – Заноза захохотал.

Он видел такую сцену в каком-то фильме. Ему и правда представлялось, что все гитаристы от творческих неурядиц ломают свои гитары. А в детстве, к примеру, Занозе казалось, что хоккеисты на льду нарочно падают, как в цирке клоуны...

– А куда идем? – спросил посвежевший от холода Заноза.

– На встречу!..

– Ну, пошли! Раз на встречу, то пошли. Составлю компанию!

Мозглявый скривился: – Там вход строго по пропускам!

– Куда ж ты, интересно, идешь, если там по пропускам? В тюрьму, что-ли? – Заноза померк. Мозглявый явно пытался от него отделаться...

– На телевидение! Съемка!..

– И долго?!

– Несколько часов!..

Заноза деловито глянул на часы – спасибо бабе Вере, приучила: – О'кей! Я подожду! Не вопрос!

– Не надо, – остановился Мозглявый. – Я потом в ресторан с друзьями иду!

– Ну и хорошо! – из последних сил увещевал Заноза. – Я ж не помешаю. Я наоборот...

– В очень дорогой ресторан! – жестко уточнил Мозглявый. Выразительно посмотрел на вылезшие манжеты Занозы.

– Так можно же и на улице выпить. – Заноза ощутил, как в груди заворочался тяжелый горчичный жар. – Ты пока на съемке будешь, я с бухлом нарешаю, я могу...

– Не надо!.. – перебил Мозглявый.

– Чё не надо? Чё тебе не надо-то?!.

Вот такие моменты больше всего не любил Дима Заноза. Когда никому ничего не надо! Когда вот так прогоняют!.. Сделалось

больно. Просто очень. Будто на голом сердце растоптали сапогом черствый сухарь...

Расстроился. А чего, спрашивается? Можно подумать, Заноза был таким увлекатель-
ным собеседником. Нет же. Его и в родном
зале не особо жаловали. Сыпал, как тетрис,
изо дня в день, из года в год одними и теми
же словами-детальками, только успевай по-
ворачивать да утрамбовывать. А замешкал-
ся – все, смертельная обида. Не хотят, види-
те ли, с Занозой общаться...

Мозглявый свернул в темную, точно тон-
нель в метро, арку сталинки. Впереди переливалась редкими фонарями кривенькая,
утекающая куда-то под землю улица. Заноза
механически последовал за Мозглявым в
арку. Уличный шум сразу затих.

– Ну, ты что, так сразу уйдешь? – нехорошо улыбнулся Заноза. – Давай хоть покурим,
поговорим, как люди...

– Не курю, – отмахнулся Мозглявый.

– Может, ты еще и не говоришь? – засмеялся Заноза негромким посторонним смехом.
А Мозглявый даже не заметил, что в Занозе
уже клокочет та сущность, за которую его
еще со второго класса прозвали Занозой.

– Ну, оставь хоть телефончик свой. Со-
звонимся... – Заноза огляделся. Пусто, тихо.

– У меня номер новый, я его наизусть еще не выучил, – нагло соврал Мозглявый. – Говорите ваш, я запомню...

– Забудешь, – не поверил Заноза.

– У меня память профессиональная! – торопил Мозглявый.

Заноза первым делом со всего маху наступил ногой на ботиночек. Мозглявый ойкнул. Нога Занозы съехала с ботиночка, а большой «сименс», согнутый крюком, уже зацепил ворот куртки Мозглявого. Одновременно с ногой Заноза поскользнулся. Специально. Палец надвое распорол курточку...

«Цок-цок-цок-цок» – посыпались на асфальт отлетевшие пуговки-патрончики. С таким дробным цокотом стучали по линолеуму когти питбуля по кличке Пуля. Если Занозе звонили в дверь, Пуля подскакивал, бежал к двери: цок-цок-цок-цок. Вначале добежит, а потом уже голос подает. Только не «гав-гав», как обычная собака, а нутряно, страшно – «ув-ввв, ув-ввв», словно бы ожившее железо под землей залаяло.

Заноза неожиданно подумал, что тигровый Пуля, или Пулька – так называла пса баба Вера, когда спит, очень похож на виолончель, ту самую, на которой пиликала мать, пока не спилась и ее не погнали из оркестра...

– Я не нарочно, – ласково извинился за куртку Заноза. Улыбка уже не сходила с его лица. – Ты ж моя морда! – с нежной жестокостью Заноза всей пятерней ухватил Мозглявого за щеку, стиснул, чувствуя пальцами синюю отечную боль.

Мозглявый скульнул, рывком высвободил щелкнувшую об зубы щеку.

Заноза, смеясь, цапнул Мозглявого за реденький волосяной хвостик. Мозглявый дернулся, освобождаясь, и сам себя наказал.

– Ты ж моя морда! – в пальцах Занозы остался пучок крашеных волос.

– Да вы отстанете от меня или нет?! – заверещал Мозглявый.

В кулаках у Занозы резко потеплело – прихлынула кровь. Они, точно эрегированные, налились, увеличились в размерах – «встали» на Мозглявого.

Заноза, опомнившись, сообразил, что уже с полминуты треплет Мозглявого. Не бьет, а именно треплет. Как сказала бы баба Вера: «Поймал мыша и ебёт неспеша»...

Заноза напоследок бросил кулак в бочок Мозглявому, сказал: – Хуякс! – и прям увидел, как на девичьих ребрах Мозглявого растекся огромный чернильный синяк.

Мозглявый странно упал – в два приема. Вначале согнулся, а затем повалился.

Заноза оттопырил большой палец левой руки, а правым пальцем стал смешно нажимать воображаемые кнопки.

– Пим-пим-пи-пи-пи-ри-пим.... Але! Але, блядь! Как слышно? Прием! Это милиция? – пропищал Заноза. – Говорит актер Хуичкин. Мне тут шиньён хулиганы оборвали! Приезжайте!..

Заноза засмеялся шутке про шиньон. Продудел «Турецкий марш»: – Парабарабам-парабарабам! – поднес «сименс» к уху: – Але? Да, это я, Заноза... Ну, как дела?.. Да тут одному известному актеру Яичкину пиздюлей выписал. Чтоб не умничал... Конь в сапогах, блядь, невоспитанный!.. А вы, пацаны, где территориально?.. Ну, я щас к вам приеду... – Заноза подмигнул Мозглявому. – Привет тебе передают...

Мозглявый запыхтел.

– Ты не понял, Хуичкин?! – Заноза несильно пнул Мозглявого. – Тебе привет передавали. Что говорят в таких случаях вежливые люди?.. «Спасибо» они говорят!

– Сысибо... – бито прошелестел Мозглявый.

Захотелось еще напугать. Заноза, как туча, навис над Мозглявым, обхватил руками голову и надсадно, с театральной истеричной хрипотцой, проорал: – А-а-а! А-а-а! Ебальник! Ебальник! Что такое ебальник?! Не помню!!!...

Мозглявый съежился. Заноза перехватил его панический, сразу во все стороны взгляд – словно включили свет и тараканы разбежались.

Заноза на прощание разогнал ногами отлетевшие пуговицы-патрончики, чтобы Мозглявый лишний раз помучился, пока их все подберет.

Посмотрел на скрюченного Мозглявого и побрел прочь.

Пусто, холодно было в душе у Занозы. Будто в ледяной подмосковной новостройке.

Возле метро «Белорусская» Заноза глотнул из чекушки «рижского бальзаму».

На сердце потеплело.

Готланд

Шел третий день книжного Франкфурта. Я полулежал на прилавке нашего издательского стенда, похожий на поверженный экспонат. Подходили полезные люди – бумажные агенты, переводчики, редакторы. Я избирательно отпускал наши честные книги, полагаясь только на классовое чутье. Буржуазную сволочь гнал и отпугивал. Одаривал изгоев и радикалов.

– Вы – Елизаров? Приезжайте-ка к нам на Готланд. У нас с декабря свободная комната. Платим девять тысяч крон, это примерно тысяча евро...

Она напоминала терпеливую подругу какого-нибудь питерского живописца – такого выпивающего амбициозного бородача не без таланта, упрямо пишущего заунывные кандинские каляки-маляки. На «подруге» было что-то вязаное, в мягких серых тонах – растянутый по всему телу шерстяной «хемингвей» на женский лад – хотя, может, я что-то путаю. Просто меня умиротворяют свитера крупной вязки.

Я взял протянутую визитку.

«Шутит...» – подумал я, но спустя пару дней из Берлина написал ей, Приглашающей Стороне, и она ответила. Меня действительно ждали к декабрю в Швеции, на острове Готланд. Получалось, что мне повезло...

Немецкий грант подходил к концу и письменный стол с видом на море был весьма кстати. Начиналась третья книга, и она требовала уединения.

Для дороги я выбрал автобус. Во взрослой жизни я так и не научился пользоваться самолетами. Летал в школьном детстве на маленьких пассажирских «яках», в которые ты запросто входил со своим чемоданчиком и сам же укладывал его на багажную полку. Современные аэропорты отталкивали меня суетой и страхом...

В турагентстве, где я покупал билеты, мне выдали дотошную распечатку дорожного плана. Все в нем казалось элементарным. Вначале из Берлина до Копенгагена. Там ве-

черняя пересадка на автобус до Стокгольма –
и первое неудобство: прибытие в час ночи,
а рейс в порт Нинасхам аж в девять утра...
Ну, не беда, переночую на вокзале... Из Стокгольма в порт, оттуда на пароме до острова
Готланд, в город Висбю... Поражаясь своей
недюжинной предусмотрительности, я мет-
нулся в обменку на Александерплатц и там,
поменял сотню евро на шведские кроны.

Берлинская зима выглядит как харьковская пасмурная осень. Нет, конечно же, случается, что и в Берлине выпадает снег, тогда немцы бормочут: «Eto zhe, bljat, kakaja-to
Sibir», но в целом мягкая там зима, с утрен-
ним инеем и вечнозеленой травой...

За день до отъезда я разболелся в отсы-
ревшем Берлине. В путь я отправился с
температурой 37,8. В автобусе долговязо
раскинулся, точно мост, сразу на четырех
креслах. Отлежавшись, чуть окреп, сожрал
полкило мандаринов, колбасы и шоколад-
ную булку, восстал из хворых и часов шесть
кряду смотрел в окошко.

Нынешняя европейская дорога нехоро-
ша собой. Автобан так же однообразен, как
облака под крылом самолета. Хотя иногда
попадается озерцо в деревах или крепкий
хозяйский хутор из багрового древнего кир-

пича, луг с русоголовыми скирдами, медленные коровы домашнего кошачьего окраса – рыжие с белыми пятнами...

Мы катили через немецкие задворки, утлые городки-закоулки. Один такой город напоминал продрогшую речную птицу, а второй – труп повесившегося поэта. Когда я перестал понимать вывески и указатели – латиница будто сошла с ума и стала коверкать все немецкие слова, я понял, что мы в Дании. Она в сути была очень похожа на Германию, только меньше на этаж и от этого еще грустнее.

В Копенгагене я забеспокоился. Автобус мотался по столице, там и сям высаживая пассажиров. Я бегал к водителю, уточняя, а не тут ли пересадка на Стокгольм, с вытянутой мучительной шеей выслушивал его лаконичное: «Найн» – и возвращался на место. И так четыре беспокойных раза.

Автобус остановился у заводской кирпичной стены – его маршрут тут заканчивался. Я снова подступил к водителю, и он мне ответил примерно следующее: «Peresadka na Stokholm zdes... Vrodje by...»

Я выгрузился вместе с двумя моими рюкзаками – громоздким армейским и маленьким, в котором лежал ноутбук. Вскоре выяснилось, попутчиков на Стокгольм не оказалось. Приехали один за другим четыре микроавтобуса с полсотней датчан, вперемешку с голландцами, а может, шведами или норвежцами.

Подступился было к датчанам, но они не знали немецкого. Или же не хотели его понимать. Кое-как я перешел на мой инвалидный английский, при этом, точно немой, помогая себе порывистой жестикуляцией: «А не здесь ли зе бас на Стокгольм?»

Датчане ответили: «A chuj jego znajet».

Тут причалил двухпалубный автобус. Я снова бросился к водиле, тыча ему в лицо моими билетами и распечатками. Тот буркнул на своем датском: «Tra-ta-ta-holm» и даже кивнул, но уклончиво – не вперед, а куда-то вбок, словно бы не согласился, а удивился.

Я закинул в багажный отсек тяжкий армейский рюкзак – гора с плеч, потом примостился возле окошка. Рядом со мной присела немолодая женщина с обветренным лицом Кости-моряка. Улыбнулась.

«Ис зыс бас ту Стокгольм?» – спросил я больше для успокоения.

И Костя-моряк ответила: «Net!»

И оно было громом посреди черного датского неба, это «ноу». Меня прошиб пот, я взвился и побежал прочь из салона, зычно во все стороны переспрашивая: «Stokholm? Stokholm?»

Обманщик-водила выпучил глаза и сказал – уж не знаю как, но я его понял! – что мой автобус будет через час. Vrode by...

С проклятиями я кинулся к багажному отделению, зарылся в него с головой, вышвыривая наружу чужие вещи, чтоб добраться до моего рюкзака – гадкий, прямо-таки дурной поступок – боги, покровительствующие странникам, достойно накажут меня за это в пути...

Двухпалубный уехал. Я остался один у заводской стены. Минут через пять зарядил мелкий, будто через сито, дождь. Я быстро промок. Прошел час, а автобуса все не было. Я подумал, что денег-то совсем не густо – что-то около ста пятидесяти евро. Как отсюда выбираться, и главное – куда?

У меня снова поднялась температура. Привалившись к стене, я сквернословил и богохульствовал. И тут пришел автобус на Стокгольм.

Нежданная радость отняла последние силы. Я вполз в салон, оставляя за собой влажный улиточий след. Однообразно поужинал остатками мандаринов, колбасой и булкой. Помятуя, что нужно отоспаться

61

перед бессонной ночью в Стокгольме, прилег – благо снова достались четыре кресла.

Заснуть не получалось. Если я лежал на боку, лицом по ходу автобуса, то икал, с одинаковыми интервалами – точно какой-то физиологический метроном. И что удивительно, на другом боку икота отпускала, но начинала терзать отрыжка. Часа два я ворочался, попеременно икая и отрыгивая.

Потом мне надоело издавать звуки. Я глянул в окно. Вместо датской слякоти простирались сияющие ночным серебром шведские снега. И я подумал: «Как же так, Елизаров? Ты догадался поменять евро на кроны. Но почему ты не поинтересовался погодой в Швеции? Из верхней одежды у тебя только тощая «косуха». А там, за окном, быть может, минус двадцать...» Единственным аксессуаром тепла был шарф – я его временно переоборудовал в подушку.

В кабинке туалета, биясь лбом в косую перегородку низкого потолка, я справил нужду и механически spizdil полрулона туалетной бумаги – на дорожку. И этим окончательно навредил своей карме.

В половине второго мы прибыли на автовокзал в Стокгольм. Трещал нешуточный русский мороз. На улицах громоздились полутораметровые сугробы. Нужно ли говорить, что терминал был закрыт на ночь? Нужно. Он был закрыт до половины шестого.

Я сделал круг вокруг вокзала и не нашел туда лазейки. Достал из рюкзака второй свитер и надел сверху, на первый. Отученный Берлином от морозов, я не взял с собой даже «пидарки» на голову. Но был шарф. Замечательный длинный шарф. Им можно было обмотаться, как фашистский беженец из Сталинграда. Я перерыл два рюкзака и не нашел его. Наверняка я projebal шарф в автобусе. И это было мне наказанием за украденные полрулона.

Я потрусил по скрипучему снежку в поисках Макдоналдса – мне почему казалось, что они работают всю ночь. И я нашел его, Макдоналдс, и он тоже был закрыт. И метро было зарешечено – весь Стокгольм закрылся до утра.

Мне повстречались три исполинских полицая в теплых пуховиках – все трое были выше меня ростом, и я, почти двухметровый и стокилограммовый, впервые в жизни почувствовал себя невысоким и щуплым. Один из полицейских махнул рукой, указывая мне, зябкому, направление, и сказал: «Tut nedaleko hotel, pjat zvezd». Я ответил:

«Сенкс», – и побежал в другую сторону. Денег на пять звезд все равно не было.

До открытия терминала оставалось три часа. От усталости и жара меня шарахало из стороны в сторону. «Околею тут к утру, как андерсеновская девочка со спичками. Мальчик с рюкзачками».

На ближней улице оказался ночной клуб. Я проходил мимо, и тут в одном из домов открылась дверь и оттуда, из неоновых радуг и звуков музыки, вывалился пьяный негр в облезлой кроличьей шапке.

Вход в злачное место обошелся в тридцать крон. Я зачем-то пробормотал на стремительно возмужавшем английском: «Мне очень замерз, я сильно болеть», – за десять крон в баре мне плеснули в стакан теплой воды, чтобы растворить пакетик жаропонижающей дряни. Со стороны это смотрелось странно – будто я заказал стакан водки и от души сыпанул туда кокаину.

К моему столику приблизился опасливый негр, другой, без ушанки, и зашептал: «Ду ю хэв кокс?», а я устало ответил ему: «Poshel na cher!»

Три медленных, насквозь прокуренных часа я цедил остывшую воду с осадком из парацетамола. А в пять утра поплелся обратно к автобусному терминалу. На электронном табло я обнаружил автобусный рейс в порт Нинасхам. Болезненный невыспавшийся ум нарисовал мне громоздкого, хамовитого мужика, хахаля пьющей и немолодой Нины – типичного Нинас-хама.

В открывшемся обменнике я обменял еще пятьдесят евро – чтобы было. Обессилевший присел в неудобное пластиковое кресло ожидания. Для порядка чуть понервничал – а на тот ли автобус ли я купил билет, задремал, очнулся и снова понервничал – а придет ли автобус?

А вот лучше бы не дремал, а заранее поискал нужную платформу. Потому что кто-кто в девять утра, за пять минут до отправления автобуса, метался туда-сюда по терминалу с двумя рюкзаками? Я метался.

Но я успел-таки на автобус, в последний момент. Подсел к очередному Косте-моряку – должно быть, так выглядят все скандинавские женщины за сорок: – Бас ту Нинасхам? – И она сказала: – Йес. Tuda.

Паром оказался океанским пятиэтажным «Титаником». За двести крон я погрузился. На одной из палуб примостился на стуле. Чтоб не заскучать в пути, часа четыре терзал себя параноидальной думой, а на правильный ли паром я сел – у причала-то их стояло два. Быть может, я плыву вовсе не на Готланд. Потом я понял, что мне уже безразлично, куда плыть. Я смотрел в иллюминатор на перекатывающиеся волны Балтики – мутно-ледяного, мертво-зеленого цвета воды.

Когда я сошел на берег, светлый день закончился, опускались стремительные сумерки. В небе крошил мелкий и частый снег. Колючий штормовой ветер пронизывал «косуху» навылет.

Я произвольно выбрал улицу и пошел по ней, то и дело dojebivajas к прохожим с извечным русским вопросом: – Где эта улица, где этот дом? – и показывал распечатку.

Дорога вывела к древней замковой стене. Уже не было просто улиц и домов. Были улочки и домики. Меня обступило Средневековье, настоящее, неповрежденное, точно все эти века его держали в нафталине, а тут вытащили из шкафа на мороз. Если бы я не был так изможден, то оценил бы эту скандинавскую старину, похожую на декорацию к рыцарскому роману.

Я оказался на городской площади. Из окрестных таверн муторно тянуло рыбной кухней. Возвышался разоренный собор – древний готический сеньор с сорванной шапкой. Неподалеку ударил церковный колокол. Я пошел на звон...

Пожалуй, этот звон и вывел меня на нужную улицу. Через пару минут отыскался и дом. Я ждал очередного бесовского подвоха – разорились, закрылись. Или умерла Приглашающая Сторона. Никто не ждет меня здесь...

Но она не умерла, Сторона. Она приветила меня в офисе, спросила: «Михаил, как добрались?» – и я, конечно же, сказал: «Отлично».

Она показала мне жилищные угодья – кухню, столовую, баню. Затем отвела в мою комнату. Из окна были видны кирха, пасмурное море, скалы и сосны в снегу.

– Располагайтесь, отдыхайте, – и Приглашающая Сторона откланялась.

У меня снова был письменный стол. Горбатенькая лампа. Книжная полка. Широкая двуспальная кровать, сколоченная из крупных корабельных досок. В этой уютной прогретой комнате, пожалуй, было чуть душновато. Я подошел к окну – не презренному стеклопакету, а настоящей двойной раме. Первые окна открывались внутрь, а вторые наружу.

Точно ставни, распахнул я внешние створки окна. Шторм сразу же захлопнул левую половину, так что одно стекло вылетело и с битым звоном осыпалось куда-то под стену. Правую створку просто с корнем выломал, швырнул в сугроб... Мое окно за секунду стало вдвое тоньше.

Ochujevshij, я закрыл уцелевшие створки. Пробормотал: – На счастье! Это все – на счастье!..

И я действительно был там счастлив, в городе Висбю на острове Готланд.

Кэптен Морган

Ну, как они жили?.. Плохо жили, тошно. Другие давно бы разбежались, а они все тянули лямку гостевого брака – кажется, это так называется, когда люди не расписаны, бюджет раздельный, будни у каждого свои, а совместная жизнь на выходные и по праздникам.

Полине Робертовне сорок один год, «первый тайм мы уже отыграли». Журналист. Замужем не была, детей нет. К бабке не ходи, сразу ясно, что второй тайм Полина Робертовна тоже просрет, и с разгромным счетом.

Полина Робертовна – коренная москвичка, белая кость и голубая кровь. А Олег Григорьевич – омская лимита и тютя бесхребетный. Этим «тютей» Полина Робертовна унижает Олега Григорьевича за вопиющую мужскую кротость. Любимая его поговорка: «Выигранный бой – несостоявшийся бой». В этой версии Олег Григорьевич абсолютный чемпион. Что ни случись, утрется и пойдет дальше – непобежденный. А так, по обычным человеческим понятиям, он, конечно, задрот и лузер.

В Москве Олег Григорьевич шесть лет. Если бы спросили его былые институтские товарищи: – Чем вообще по жизни занят, Олежа? – он бы огляделся с изумлением и испугом, точно ребенок, проснувшийся в лесу, и шепотом признался: – А хер его знает. Ничем, наверное...

Олег Григорьевич работает менеджером по персоналу в ОАО «Новые технологии». Раньше в советских учреждениях такая должность называлась «кадровик». Полина Робертовна дразнит его «старичком-кадровичком», хотя сорокалетний пухлявый Олег Григорьевич, разведенный мужчина без вредных привычек, выглядит гораздо моложе злой и тощей, как черкес, Полины Робертовны.

Встречи происходят на «Динамо», у Полины Робертовны. У нее своя двухкомнатная квартира в сталинке. Досталась по наследству от номенклатурной бабки. Олег Григорьевич снимает однушку в Печатниках. Когда въезжал, стоила семнадцать тысяч в месяц, потом двадцать, а вчера подняли до двадцати двух...

– Жаловаться – это не по адресу, Олежек! Это вон туда, это – на хуй! – Полина Робертовна указывает пальцем на дверь, подразумевая подъезд, улицу, метро и так далее, до самих Печатников. – Я тебе сопли вытирать не нанималась! Хули ты меня прям с порога грузишь?! Зайти не успел, а уже наготове шаечка с говном. Олег, дорогой! У меня своих проблем выше крыши!.. – голос сорванный, хриплый. Ощущение, что не говорит, а кричит.

Олег Григорьевич обижается: – Как так можно? Что за отношение? Я сейчас повернусь и уйду... – Но не уходит, просто кружит по кухне, бормочет, цыкает, возмущается.

– Слушай, Олег, прекращай пыхтеть! Надоело!..

После близости Полина Робертовна курит в кровати, пепельницу ставит поверх одеяла, прям на свою мальчишескую плоскую грудь: – А хочешь, объясню, почему так с квартирой произошло? Хочешь? А потому, что ты – тютя бесхребетный! Не умеешь себя жестко поставить, вот он (имеется в виду владелец конуры в Печатниках) и ебет

71

тебя в жопу без майонеза (оскорбительный заменитель вазелина)!

Несправедливо. Ну, или справедливо отчасти. Всем же в Москве поднимают цены – на то и кризис. Олег Григорьевич не исключение. И кто ж виноват, что общение малых мира сего складывается из ничтожных горестей: где и когда обругали, поимели, обсчитали?.. Жизнь виновата...

Олег Григорьевич раньше про другое рассказывал: о дочери, которая в Омске осталась – как растет, учится. Полина Робертовна с полгода слушала, а потом с улыбочкой заметила: – Ты только не обращай внимания, что я зеваю. Просто такая увлекательная информация. Что ты там говорил, у нее по алгебре?..

Про Омск Полине Робертовне было неинтересно, про друзей омских, удачливых коммерсов, тоже неинтересно.

– Таких друзей за хуй да в музей, – балагурит Полина Робертовна. Она вообще грубовата – и в беседе, и в постели. Как она сама про себя шутила: «Услуги госпожи и «золотой дождь» – выдача.

Олег Григорьевич спросил: – Поль (он так называет Полину Робертовну – Поль), а я кто?!

– А ты, Олежек, «золотой дождь» – прием...

Нормальный мужик давно бы уже дверью хлопнул. Или хотя бы обозвал Полину Робертовну «доской». А Олег Григорьевич боится скандалов, криков, перемен...

Полина Робертовна, впрочем, изредка прячет кнуты и крошит Олегу Григорьевичу пряник, потому что перегнуть палку тоже нельзя – где еще такого тютю отыщешь. Но это она про себя понимает, а Олега Григорьевича пугает, что ее мужчины с руками отрывают.

Олег Григорьевич который год в стрессе из-за своей никчемной работы. Сидит тихим сиднем, бумажки перекладывает и получает аж тридцать пять тысяч. А бесконечно так продолжаться не может – значит, скоро расплата за непреднамеренное тунеядство. Сократят, погонят. А на что существовать, снимать жилье?..

Олег Григорьевич плохо спит, нервничает. Слава богу, хоть с алиментами решилось удачно. У него в Омске квартира родительская осталась, он ее сдает и всю выручку до копейки отдает бывшей. Знакомым говорит: – Главное, что Светлашенька моя (дочка Света четырнадцати лет) ни в чем не нуждается...

«Не нуждается», конечно, громко сказано, денег там в Омске не хватает, но совесть процентов на восемьдесят спокойна – не бросил на произвол, как другие. Он бы даже из зарплаты часть отдавал, но всем заправляет суровая столичная арифметика. Тридцать пять минус квартира (раньше двадцать, теперь больше), телефон, интернет, проезд на метро, пожрать-помыться, носки-трусы. В общем-то, жить не на что...

Полина Робертовна, как всякая москвичка, боится, что понаехавший Олег Григорьевич ее «использует».

Использовать – вообще-то подразумевает «получать пользу». Какая Олегу Григорьевичу выгода от Полины Робертовны – еще подсчитать надо. Вот, ей богу, за хуй да в музей такую Полину Робертовну. Не пожалеет, когда грустно, не накормит, когда голодно...

– Олег, ты только не обижайся, но еб твою мать! Ты сначала что-то купи в дом, а потом жрать проси! Я поражаюсь твоей провинциальной непосредственности! Может, у вас в Омске так принято! С какого перепугу я должна содержать здоровенного сорокалетнего мужика?! Ты мне за полгода хоть бы букет сраный принес! Коробку подарил конфет!..

– Я приносил...

– Что ты приносил?! Мочу ты приносил и брызгал ей на стульчак! Олег! – грозно, с отчаянием. – Я – женщина! Ты это понимаешь?! Обычная женщина! Земная! Я хочу, чтоб обо мне заботились! Чтоб летом на море отвезли! Зимой, блядь, шубу купили!..

Полина Робертовна курит, Олег Григорьевич на все лады ужасается Полине Робертовне, одним словом – «пыхтит»...

Давно это было. С тех пор питание у них раздельное. У Олега Григорьевича в холодильнике на «Динамо» своя полка – там его продукты. Проголодался – сам себе готовит. А Полина Робертовна – себе. Иногда друг друга угощают.

В чем-то же и Полина Робертовна права. Может, не по форме, но по сути. Разве не хотел Олег Григорьевич пожить на халяву в удобной двушечке? Если совсем честно... Конечно, хотел. Просто не получилось, на бдительную Полину Робертовну напоролся...

Однако ж третий год вместе. Может, общность поколений сближает, пионеры-комсомольцы, перестройка, «Гардемарины, вперед!»...

А развязка следующая. Полина Робертовна из крепких напитков предпочитает ром

«Кэптен Морган», золотой. Стоимость по Москве варьирует – в «Ашане» одна, в «Перекрестке» – другая.

В пятницу вечером после работы Полина Робертовна поехала в торговый центр на Войковскую. В «Рив Гош» купила помаду и тушь для ресниц. Осталось рублей четыреста. Потом зашла в супермаркет «Карусель» хлеба купить. И в алкогольном квартале обнаружила свой ром по шестьсот двадцать (остатки), и за семьсот тридцать (новая цена).

– Вот же ж, суки рваные... – Полина Робертовна сквернословит, как дальнобойщик. – Подорожал... Ебаный ты по голове...

Набрала Олега Григорьевича: – Ты ко мне приезжаешь сегодня?

– Ну да, у нас же сегодня это... – Олег Григорьевич осторожно шутит, – постельный день...

– Да ты, я посмотрю, тайный эротоман Хоботов, – довольно хмыкает Полина Робертовна. – Тут на Войке в «Карусели» ром. Золотой... Ну, ты в курсе... По шестьсот двадцать и семьсот тридцать... Нет! Один и тот же – «Кэптен Морган», золотой! По шестьсот двадцать осталось раз, два... Шесть бутылок! Слышишь? Дуй бегом сюда, покупай все – сколько останется, я тебе деньги отдам... Блядь, что ты не понимаешь?! Да! Старая поставка по шестьсот двадцать и новая... Олег, ты тупой?! Надо успеть купить по шестьсот двадцать, пока не размели!.. Ты тупой, еб твою? Там висит ценник прежний на бутылке – шестьсот двадцать! И новый ценник – семьсот тридцать! Рядом бутылка с другим ценником. Не беси меня, Олег!.. Я не повышаю голос! Надо купить, пока эти суки старый ценник не сняли!..

Олег Григорьевич: – Поль, а вдруг в кассе цену уже поменяли? Там пробьют по семьсот тридцать...

– Я же говорю тебе – ценник остался! Устрой скандал! Требуй администратора! Жалобную книгу! Угрожай, что завтра здесь будет Комитет по защите прав потребителя! Они обосрутся и продадут по шестьсот двадцать. Я в «Алых парусах» так лаймы покупала – написано сорок рублей, а в кассе выбили шестьдесят. И никуда не делись, тварины! Закон!..

– Поль, – миролюбиво предлагает Олег Григорьевич, – давай я тебе две бутылки подарю по семьсот тридцать...

– Все, ладно... – злится Полина Робертовна. – Я забыла, что ты не мужик, а тютя бесхребетный. Тряпка!

77

– Да не хочу я из-за ста рублей скандалить!

– Ну и будут тебя и дальше в жопу без майонеза!

– При чем здесь в жопу?! Я ругаться не хочу!

– Ой, делай что хочешь, Олег, я устала! Можешь вообще не приезжать! Все, пока!..

Олег Григорьевич уже выехал из Печатников. Возвращаться домой было лень, и он поехал на Войковскую, в «Карусель».

Нашел полку с золотым «Кэптен Морган», но ром был только по семьсот тридцать. Наверняка Полина Робертовна излишне эмоционально инструктировала его, так что кто-то из персонала услышал и от греха подальше снял старые ценники.

Олег Григорьевич вначале хотел позвонить Полине Робертовне, мол, нет уже дешевого «Кэптена», но раньше сообразил, что она все спишет на его бесхребетность.

Неожиданно окрылила восхитительная мысль – он купит две чертовы бутылки и скажет Полине Робертовне, что взял их по шестьсот двадцать. И не просто взял, а – йо-хо-хо! – отвоевал! Это же целый спектакль можно разыграть! Как уверенно он оглядел косоглазую, похожую на панду, кассиршу: – Милочка, я вам русским языком говорю – на ценнике шестьсот двадцать! – Как примчался юлкий администратор – тоже нерусь, хамить начал, но ведь на Олега Григорьевича где сядешь там и слезешь: – Рот закрой, туркмен-фильм! Питон, бля! Питонище!.. (Этого «питона» подслушал в Омске, когда ездил Светлашу навещать – уличные пацаны собачились.) – И как очередь разделилась на два лагеря. Кто-то поддержал его, борца: – Правильно! Так их, сволочей! – А кто-то и в кусты шмыгнул – испугался межнационального конфликта: – Заплатите, сколько они просят, не задерживайте очередь!

– Вас забыл спросить! – презрительно бросает Олег Григорьевич. И даже не глянул, кто это там возмущается.

И выстоял, победил, купил ром «Кэптен Морган» по шестьсот двадцать...

Слишком быстро движется очередь в кассу. Остановись очередь, замри мгновение... Олег Григорьевич резвится, плещется в своих фантазиях, как радостный дельфин. Грудь распирает невозможное молодое счастье. Он ловит себя на ощущении, что улыбается – широко, глупо, во все щеки. Точно скинул лет пятнадцать. Откуда-то и плечи взялись, осанка...

– Питон, я ему говорю, ты же питон! Пито-о-нище! – тянет Олег Григорьевич каким-то новым басовитым голосом и неторопливо расшнуровывает ботинки (подложив газету, чтоб не натоптать).

– Так и сказал? Ну, мюжи-и-къ! – Веселится с Екатерининским царским акцентом Полина Робертовна. Пританцовывая, уносит на кухню цокающий стеклом пакет. Распушенные новой тушью ресницы – дыбом, на тонких губах – красный блеск помады.

Большой, сильный Олег Григорьевич вплывает на кухню, потирает крепкие капитанские руки: – Ты, спрашиваю, с кем говоришь?! Туркмен-фильм!..

– Грю-у-бий омский мю-у-жикъ! – Полина Робертовна достает бутылки и ставит на стол. Из пакета вываливается чек, похожий на белокурый локон. Полина Робертовна наклоняется за ним...

Там цена. Семьсот тридцать – два раза. Итого: одна тысяча четыреста шестьдесят...

– Олег... – ошарашенная Полина Робертовна женским движением, словно это кружевное исподнее соперницы, приближает чек к насупленным глазам... И начинается!

– Комедиант, блядь! Абвгдейка! Клоунесса Ириска! Вот же питон брехливый! Питонище!..

А потом с Олегом Григорьевичем происходит то, что уже было когда-то, лет десять назад, в Омске. То ли он сам уходит, то ли его выставляют.

В пакете с логотипом «Карусели» оказывается его зубная щетка, шампунь, тапочки, пачка макарон «Макфа»... Туда же попадает бутылка «Кэптен Моргана» (вторую Полина Робертовна оставила себе). Ему суют в руку семьсот пятьдесят рублей (чужого не надо), Олег Григорьевич механически кладет купюры в карман. Надевает ботинки и бегом вниз по ступенькам. Вот и улица...

Возле Петровского парка Олег Григорьевич останавливается перевести дух. Достает телефон: – Светлаша... Привет, котенок, это папа... Как настроение?.. Ладно, ладно, не отвлекаю... Кого папа больше всех любит?.. Ну, целую!..

Умом Олег Григорьевич понимает: произошло что-то важное, но к добру ли, к худу? Еще не разобрался. По внешним приметам, ситуация смешная. Олег Григорьевич издает оперный короткий смешок, как в песне про блоху: – Ха-ха!..

Потом его охватывает печаль одинокой городской твари, оставшейся без соития. В парке он долго выбирает скамейку.

«Капитан, капитан, улыбнитесь, – негромко мелодекламирует Олег Григорьевич, – ведь улыбка это флаг корабля...»

Подтянись, Олег Григорьевич. Что ни делается, все к лучшему. Он достает из пакета бутылку «Кэптен Моргана». Золотой ром никогда ему не нравился – пряный, сладковатый недоликер в тридцать пять градусов. Приключенческая этикетка. На грозном капитане камзол и треуголка. По плечам черные рокерские космы. В руке шпага...

Майский ветер обдувает Олега Григорьевича позабытым курортным теплом. На миг представляется, что неподалеку море. «Олежка, а может, тебе еще на грудь нассать, чтоб Ялтой пахло?» – всплывает частое кухонное выражение Полины Робертовны (это если он что-то просил у нее – кетчупа, масла сливочного).

Начинает болеть в животе и под сердцем, будто с размаху налетел всей грудью на твердое. Снова обидно, потому что он не сделал Полине Робертовне ничего дурного. Наоборот, принес в подарок ром... На последние деньги...

Ощущение моря больше не возвращается, но зато Олег Григорьевич вспоминает «Карусель», свое лихое настроение. Все-таки ловко он поговорил и с кассиршей, и с администратором... Ну, хорошо!.. Пусть этого не было на самом деле! Но все равно – здорово ведь!..

– Питоны... – Он усмехается. – Питонища...

Звонит снова в Омск, в этот раз бывшей жене: – Юльк, привет... Я со Светлашей минут десять назад пообщался... Как дела у вас?.. Нормально?.. А со мной тут угарная история приключилась. В магазине был, хотел рому купить – подсел с некоторых пор на «Кэптен Морган»... Да погоди... Ты послушай... Пришел, а там две цены, по шестьсот двадцать и семьсот тридцать, ну, ценник старый не сняли... И уперлись, суки, не хотели по шестьсот двадцать продать, так я такой кипеш на кассе устроил!.. Все, все... Не отвлекаю... Целую!..

Зной

Три вещи поразили меня в жизни – дальняя дорога в скромном русском поле, ветер и любовь.
А. Платонов

Словно бы псы господни затравили ангела – такой был в тот вечер немыслимый закат. В виноградной небесной зелени клочья воспаленного пурпура мешались с фиолетовыми внутренностями, с карамельными тонами растерзанной ангельской плоти, а два огромных пепельных облака казались оторванными крыльями.

Вязкий асфальт сочился битумной смолой, ее можно было зачерпнуть ладонью и превратить в поделочный материал. Я лепил одного за другим маленьких по-

84

катых истуканов и ставил на каменные перила набережной. Внизу когда-то протекала харьковская Лопань, а теперь вместо мокрого тела реки в обезвоженном гранитном каньоне догнивал исполинский червь.

У меня имелся выкидной нож с тонким блестящим клинком, кустарная безделица из мест несвободы. Острием я прочерчивал глаза и рты смоляным божкам. Пару часов назад этим же ловким ножом в чужой квартире я вырезал поголовье плюшевого зверинца. Умильный игрушечный хлам, нищие мои дары – медвежонок, котик, тигренок...

А до того разгромил спальню: обрушил шкаф – он раскололся, точно был глиняным, – и выломал спинку кровати. У почтенного двуспального животного от моего бесчинства подломились задние ноги. Бедная подруженька ни жива ни мертва лежала на склоне матрасного холма и во все глаза смотрела, как я орудую ножом – пилю головы куклам.

Я восклицал, что люблю ее, что хочу жениться, – у меня хватало совести на сватовство. Я осквернил чужое жилище, перепугал женского ребенка своим буйством.

Ей было всего восемнадцать лет, она собиралась поступать в консерваторию, голосистая девочка.

В то время я еще не научился быть практичным двоеженцем, не держал запаса. Смазливая певунья хотела вступить в студенческую жизнь свободной. Она и в дом меня пустила, надеясь, что это будет последний раз. Он состоялся, последний, а потом, вместо того чтобы уйти, я дал волю рукам.

Я любовался собой, лицедействующим оперное страдание. Крушил, грозил, членил и умолял. Под занавес я повторно справил «последний раз» – любимая дрожала и хныкала – и бежал прочь.

Несколько часов меня носило по городу. Я никогда еще не был так счастлив несчастьем. Это было торжество полноценности – неужели я способен любить и страдать?! До того я бывал только возбужден или равнодушен.

Я угомонился возле вымершей гнилой реки, где наблюдал удивительный, похожий на убийство, закат. С перил на засуху пялились битумные человечки, черные пешки моего отчаяния. Троих я подарил мертвой реке, а четвертого истуканчика забрал с собой. Он получился по-первобытному страшным – тусклый потусторонний увалень.

В сумерках я вернулся домой. Возле подъезда меня поджидали – певунья и ее взволнованно дышащая мать. Я пригласил их. В квартире поспешно разрыдался, чем обезоружил.

Они тоже заплакали. Певческая мать спросила: – Где тут телефон? С вами хочет поговорить наш папа...

Набрала номер и передала мне трубку.

– Жили люди, – сказал понурый мужской голос. – Не бедно, не богато. Но однажды пришел чужой человек и все сломал... – Он замолчал, точно обессилел.

Я отвечал: – Простите меня. Я починю...

И сдержал слово. За пятьдесят долларов – солидные деньги для девяносто пятого украинского года – я нанял умельца с мебельной фабрики. Привел к дверям поруганной квартиры. Спустившись на этаж, дождался, чтоб его впустили. И лишь тогда убрался восвояси.

Харьков еще два дня был удушливым и пыльным, как степь после табуна. Но вскоре разразился циклопический невиданный ливень. Будто небо обратилось в океан и всей тяжестью пролилось на землю. Стихия застала меня врасплох, я укрылся под разлапистым каштаном, но за какую-то минуту визжащие, как пули, капли изрешетили крепкую июньскую листву. Дышать получалось только наклонив голову – иначе вода заливала нос и горло. Уже через полтора часа всякий брод был по пояс. Цветными кочками возвышались легковые крыши затопленных машин. Наземные трамваи стали речными. Над канализационными стоками кружили мусор медленные воронки. Входы в метро напоминали мраморные купели с уходящими в глубину ступенями. Харьков погружался, исчезал, как Китеж.

Ливень так же внезапно иссяк. За ночь большая вода схлынула, оставив на улицах болотную тину, напоминающую лягушачью кожу. Наутро в новостях сообщили, что погода разрушила очистительные сооружения, отверзла ядовитые отстойники. Водопровод, захлебнувшись нечистотами, умер. Краны еще до полудня харкали ржавчиной, а потом и ее не стало.

Вернулась городская жара. Снова вместо воздуха плавился горячий, разбавленный выхлопным бензином штиль. Обезвоженный Харьков больше не вмещал моих сердечных терзаний. Я готовился к побегу в Крым. Там в одиночестве я рассчитывал изнурить, избыть неповоротливую любовь.

Все мое существо источало болезненный символизм. К чему бы я ни прикасался рукой или мыслью, обретало дополнительный декадентский смысл. Мне было тогда двадцать два наивных года. Маленькая певица представлялась безвременно отлетевшей юностью, а харьковский потоп подводил черту под прошлым. Обновленный, я собирался ступить на будущий Арарат, и плацкартный втридорога билет до Феодосии был голубиной оливковой ветвью.

Я положился на дорогу, как на судьбу. Словно мертвецкую ладью – так снаряжал я мой походный рюкзак. Основными загробными предметами. В путь отправлялись святыни моего детства, не покидавшие порог нашего дома уже несколько десятилетий.

Я брал дедовскую флягу – окопный трофей сорок второго года. Алюминиевый сосуд в зеленом войлочном чехле, похожем на гимнастерку. Солдатский наряд фляги источал запах седла и юрты, пороха и пота. Раньше я частенько вытаскивал флягу из чехла, с умилением изучал голое мятое тело в мельчайших древних трещинках. Фляга обладала Христовой способностью обращать любую воду в питье. Всякой начинке она сообщала свой неповторимый железно-сладкий привкус.

Я уложил шашку, когда-то сломанную и укороченную прадедом на две трети. Эта сокращенная шашка некоторое время служила ему садовым ножом, а потом оказалась на полке в шкафу и стала семейным экспонатом. За годы острота сошла. Мне без опаски выдавали шашку для домашних игр – в детские годы она была моим богатырским кладенцом...

Я полдня провозился с точильным камнем, чтобы вернуть шашке хоть какой-то рез. Потом отчаялся и решил, что для членения продуктов подойдет другой нож – тоже прадедовский. Швейцарский, складной. По легенде, прадед использовал его в окопе вместо бритвы – небольшой почерневший от времени клинок легко доводился до хирургической остроты на ободке чашки или блюдца. С одной стороны рукояти перламутровая накладка утратилась, быть может, полвека назад. Вторая половина все еще мерцала зеленым мушиным блеском.

Я прихватил чернильное перо, которое отец в студенческие годы умыкнул на почте в уральском захолустье. Деревянный стержень сургучного цвета и черный железный коготь на нем. К перу я специально докупил пузырек с фиолетовыми чернилами. Из общей тетради выкроил грубоватый блокнот. Записи в нем должны были производиться исключительно почтовым пером – мне виделся в этом особый пронзительный эстетизм.

Для отсчета времени я взял карманные часы – тоже прадедовские, из тусклого тяжелого серебра. Стекло в них разбилось вечность тому назад, но механизм прилежно работал. Чтобы уберечь его от соленой влажности, я завернул часы в полиэтиленовый пакетик.

Я собирался обходиться минимумом вещей. В случае ночевки под открытым небом – я предусматривал и такой цыганский вариант – у меня имелся надувной матрас. Добротный, советский, прочной матерчатой ткани.

Как я себе это воображал?.. Шашкой смахнул четыре худых саженца, воткнул их в землю, натянул парусину – вот и навес. В кастрюльке, размером с пригоршню (для идеальной картины не хватало армейского котелка, а еще лучше – немецкой каски, вот в чем бы суп варить) приготовил незамысловатую еду.

Я накупил мешок всякой быстро-дряни, тушенки и палку колбасы, твердую, как ножка табуретки. В духовке насушил бородинских сухарей и ссыпал в холщовый мешочек.

В рюкзак добавились пара дряхлых футболок – принципиально ни одной парадной, – плавки, шорты и два полотенца. И он все равно оказался набитым и тяжелым, минималистский рюкзак.

Чтобы со мной проститься, отлучились с садового участка родители. Обычно летом они прикованными арестантами отсиживались в деревне.

Я не огорчал их обстоятельствами отъезда, не просил денег. Просто сказал, что уезжаю отдохнуть. Увы, треть моих сбережений ушла на воскрешение шкафа и кровати. Но и сотни долларов, по скупым расчетам, мне должно было хватить до августа.

Феодосийский поезд отправлялся в шесть вечера. Я брел пешком к вокзалу и впивался змеиным взглядом в наизусть знакомые улицы, зная, что больше никогда не буду таким пристальным и несчастным.

На мне была фиолетовая футболка без рукавов, ветхие джинсы, уже не черные, а серые от стирок. На ногах хоженые годовалые кеды. Так я представлял себе костюм безутешного странника.

На вокзале я задумался, почему мне не особо удался пронзительный прощальный взгляд на город, и сообразил, что позабыл дома очки. Тогда я мог еще оставить очки и не сразу это заметить – практичная индиана-джонсовская близорукость, позволявшая при случае обходиться без оптических увеличительных подсказок. Я решил, что так даже лучше – буду смотреть на мир честными глазами.

Ближнее плацкартное купе заняли челноки. Весь вагон был бледен, а эти двое уже потемнели до рыжего муравьиного цвета. Везли бесчисленные упаковки с кока-колой, спрайтом, фантой, баночным пивом. Опаздывали с погрузкой, носились по вагону, жилистые и быстрые, таскали запаянные в коконы напитки, будто из огня спасали. Липкие пассажиры, скользкие и белые, как личинки, ворчали – зачем вам столько, заняли чужое место, куда смотрит проводник?..

Я вздумал помочь, приспособил для охапки руки. Подхватил на перроне сразу четыре пластиковые батареи – шестьдесят литров.

Буквально в последнюю минуту успели погрузиться. Рыжие благодарно меня угостили пивом – вспомнить бы каким? Открытое, оно пролилось из жестянки на пол пенными морскими барашками.

Челноку помладше нравилось экспрессивное слово «мудянка». Он осаживал недовольных соседей: – Рты позакрывали! Развели мудянку!

К своему напарнику он обращался «Циглер».

Я так их про себя и называл: Мудянка, Циглер...

Духота усилила резкие запахи дороги. Нагретые полки мироточили железнодорожным смальцем, густым, черным, как деготь.

От трех банок пива я захмелел и разговорился. Зачем-то сочинил, что накануне развелся. Коварную певунью выставил злодейкой-женой, прибавил жилищной заячьей драмы – как меня прогнали из моей лубяной двухкомнатной избушки.

Участливые челноки, прислонившись друг к другу, по-муравьиному пошушукались усиками. Позвали в компанию: не унывай, работай с нами, парень ты крепкий, будем возить жидкости, до сентября поднимешь три сотни баксов.

В Феодосии их ждала машина до поселка Краснокаменка. Туда они везли свой товар, купленный по дешевке на оптовом рынке.

Я отказался, мне не хотелось грузовой туда-сюда истории длиной в два месяца. Я лишь стремился в тихую пустыньку с видом на волны. Вероятно, Краснокаменка и была таким уголком...

Расстроили. Краснокаменка оказалась горним захолустьем, до моря двадцать километров. Я позабыл, что населенные пункты в Крыму не обязательно находятся на побережье.

Мудянка поинтересовался, где бывал я раньше. Неужели только в Ялте да Алуште? А как же Судак и Новый Свет – красивейшие места?

Дорога на Краснокаменку пролегала мимо Коктебеля. Быть может, это и есть знак провидения: коктебельский берег, усадьба кудлатого Волошина?

Поезд разогнался, чуть остудился на ветру. По вагону на цыпочках крались сквозняки. За окнами стелился душный вечер.

С Мудянкой и Циглером я разделил позднюю бутербродную трапезу. Чай выступил на теле жарким потом, точно выпитый стакан я выхлестнул себе за шиворот.

Остались позади сумеречное Запорожье и звездный Мелитополь. Не спалось до Джанкоя. Я на минуту сомкнул глаза, а когда открыл, уже была станция Айвазовская. Ночь развиднелась куцей песчаной полосой пляжа и морем – серым, дымчатым, словно его прикрыли тонированным стеклом. Поезд прибыл в ранние пять утра.

Феодосийский вокзал напоминал обедневшую помещичью усадьбу. Над составами и тополями торчали желтые стрелы портовых кранов. Мы выгрузились. Мудянка ушел искать тележку и пропал. Шумный перрон быстро обезлюдел, на свежий сор набежали горлицы, похожие на нищенок.

Грохоча транспортным имуществом, появился вокзальный грузчик – дедок-татарин в засаленных служебных штанах. Жилистое туловище было карим от загара. Я и Циглер погрузили на железный поддон упаковки. Тележка лязгала, будто везла якорные цепи.

Мы выкатились на пустую вокзальную площадь. Справа, на каменном кубе возвышался по-осеннему одетый Ленин – в пальто и кепке, весь в белых птичьих кляксах.

Наша машина опаздывала. Поодаль дремал в распахнутой «Волге» оставшийся без дела таксист – выставил наружу в подвернутой штанине левую ногу, лохматую, словно кактус.

За ночь город не остыл, воздух был хоть и морским, но каким-то комнатным. Пробежали наискосок три бродячих пса – точно воротник, овчина и подол от одного распоротого тулупа. В порту железным голосом крикнул подъемный кран. Ветер пошевелил гривы акаций.

Циглер курил, в его бесформенно-коричневом, похожем на клубень, кулаке сигарета смотрелась тонкой соломинкой. Он заметил мой любопытный взгляд и пояснил:

– Парафин под кожу закатал. По дурости, когда служил. Теперь вот, – он вздохнул, – не руки, а копыта...

– А зачем?

– Ну так, – он поискал мишень, резко двинул кулаком по облупленной колонне – будто срикошетила болванка.

– Видишь, – он изучил кулак, – и хоть бы хуй...

– А почему Циглером зовут?

Он сплюнул и бешено улыбнулся: – Фамилия такая...

Я пожалел, что спросил. Циглер курил и хмурился. Я смотрел, как быстро темнеет под ветвями акаций однотонный серый асфальт, превращаясь в черную тень. За миг поголубело бесцветное небо. В листве словно заискрились укрытые маленькие зеркала – всходило солнце.

Приехал раф, рядом с водителем сидел довольный Мудянка: – Загружаемся, хлопцы, еще подскочим на Октябрьскую за консервой...

В салоне не было кресел, я устроился на рюкзаке, поискал бок помягче и сел. Щербатая дорога трясла машину, и обод тушенки беспокоил копчик.

Рассветная Феодосия выглядела как город детства, который однажды напрочь позабыл. Точно много лет назад кто-то выкрал мою прежнюю жизнь, обесточил память, а сейчас она пробуждается болезненными всполохами узнавания – вот здесь, во двориках, играл в казаки-разбойники, тут из колонки тянул пересохшим горлом воду, по этой улице спешил в школу, помахивая портфелем. Вспомнились иные отец и мать, стены детской комнаты в цветочных обоях, сиреневые шторы, письменный стол...

На улице Октябрьской мы погрузили рыбные консервы, краснодарскую томатную пасту в поллитровых банках, макароны, крупу, рис.

— Вот на хер тебе этот Коктебель, — отговаривал водитель. Он уже был в курсе моей печали, наверняка Мудянка проболтался. — Там же одна интеллигенция бородатая собирается. Москва и Ленинград. Физики и лирики. С тоски подохнешь! — Он обернулся, чтобы я увидел его игривое лицо.

— Мудянка! — говорил Мудянка. Кивал, соглашался в такт ухабам Циглер.

— А бабы ж какие страшные туда понаезжают! — пугал водитель. — Ненакрашенные, нечесаные. Все в этих бусах плетеных, фенечки-хуенички, как их там? Лучше в Судак. Там себе такую кралю найдешь, про жинку свою и думать позабудешь. И опять-таки, имеются места культурного отдыха. Рестораны, кафе. Вечером на набережной, — поднял важный палец, — живой звук.

— Да я наоборот, я не хочу, чтобы шумно было. Тишины хочу...

— Так рядом Меганом. Пойдешь туда — там дикие пляжи, на километр — один отдыхающий...

— И тот с припездью, — добавил Циглер. — Как Карлос Кастанеда. Читал?..

Город выдуманного детства сменила желтая сухая степь. Она напоминала собачьи косматые бока, в которых, точно репейник, застряли скрюченные низкие деревца.

Мелькали перечеркнутые красным наискосок деревеньки, жилые прилагательные среднего рода — Пионерское, Виноградное. Быстрые пейзажи с долинами и горными перевалами были словно из сказки про Канзас — где-то там за клыкастыми вершинами обитали злые волшебницы и карликовые смешные племена. Дорога повернула на Коктебель, ликующее вынырнуло море.

По обочинам ширилось строительство — татарские уродливые виллы из ракушечника. Рабочий день только начинался, и смуглые татары, как и положено захватчикам, взбирались по лесенкам на пористые стены.

Клумбы, домики, киоски, пробуждающийся базарчик. Вокруг поселка вздымались коричневые кручи – казалось, Коктебель, пьяный, поскользнулся, съехал в овраг, да там и заночевал.

– Ну, думай, – сказал Мудянка, – остаешься? Ты нас не слушай, тут, в принципе, нормально...

Водитель притормозил, чтобы скорость не помешала мне принять решение.

Я ждал знамения свыше. С надувным спасательным пузом пробежал раскормленный мальчишка, за ним, переваливаясь, следовала бабушка, еще не старая матрона с ошпаренными алыми плечами. Она отдышливо взывала: – Миша, Миша! – не поспевала за внуком, над гневным лицом колыхались белые рюши панамки: – Просто дрянь, а не ребенок! Больше не возьму тебя на пляж!

– В Судак поеду, – сказал я.

Улица Ленина вывела прочь из Коктебеля. Под похожим на драконий костистый загривок хребтом лежала прохладная оливковая тень. Холмы на солнце обретали медный блеск. Из низкорослых хвойных зарослей белые валуны показывали ископаемые слоновьи шкуры. Кустики чертополоха, как газовые горелки, дрожали в прозрачно-фиолетовом огне.

Водитель говорил Мудянке, заливался смехом: – Ростик на прошлой неделе пригнал «гольф» второй, брал за полторушку, я смотрю, а там пробег четыреста пятьдесят тысяч!..

Мы поднимались в горы. С дороги открывалась крылатая панорама на косматую зеленую спину, из которой нарезали узкие ремешки дорог. Вдоль обочин шумели чужие нерусские дерева с большими листьями, напоминающими охотничьи собачьи уши. На склонах аккуратными морковными грядками зрели виноградники.

Проехали поселок Щебетовку, и Циглер посетовал, что магазин коньячного завода еще закрыт. У живописного пруда, в камышах и травах, с земляным плоским берегом, остановились. Стоянка была вынужденной – краснодарские банки на недавнем ухабе издали подозрительный расколотый звук.

– Блядь! – расстроился Циглер. – Две-таки коцнулись...

Он открыл заднюю дверь. Треснувшую банку, что поцелее, бережно, как птенца, высадил в траву. У второй отвалился верх – осколок походил на окровавленный венец. Циглер свернул совком газету и принялся вычерпывать из машины пролитые томатные сгустки.

Мудянка извиняющимся тоном обратился ко мне: – Не обижайся, мы бы тебя до Судака добросили, просто сразу выгружаемся и бегом обратно в Феодосию.

– Не гони, хлопец нас выручил, – благородно возражал Циглер, – давай подвезем, не по-людски как-то...

Я спросил: – А сколько тут до Судака. Я б прогулялся...

– Килом́ етров пятнадцать, – сказал водила. – По трассе часа за три доберешься. Красота, природа. В Солнечную Долину можно завернуть – там винный магазин. Еще рановато, – он поглядел на часы, – но к девяти откроется. Как раз, пока дойдешь. Местные приторговывают. Красное, крепленое, «Массандра» и... – тут он поднял палец, точно поставил восклицательный знак, – и «Черный доктор»!.. Короче, все, что захочешь...

– Пройдусь, – я снял камень с Мудянкиной души. – Серьезно.

За пять быстрых минут мы долетели до развилки. Мне не терпелось остаться одному. Хотелось бормотать и восклицать. В присутствии посторонних я не мог обстоятельно переживать свою тоску.

Циглер спросил: – Вода с собою есть?

Я вдруг вспомнил, что так и не наполнил флягу.

Он протянул бутылку с минеральной водой: – Бери, через час-другой тут пекло начнется...

Я не послушал Циглера. Стараясь не проливать воду в пыль, заполнил флягу и вернул бутылку.

– Счастливо отдохнуть, – пожелали мне из рафа. И укатили в Краснокаменку.

Я вытащил из рюкзака прозрачный пакетик с часами. На ладони они напоминали снулого хруща. Я поднял тяжелое с вензелем надкрылье. Стрелки показали три минуты девятого...

Впереди громоздились горы в молочной дымке. У горизонта куделями повисли облака. По залатанному старому асфальту уносились морзянкой вдаль белые тире дорожной разметки. Я вскинул рюкзак и крепко, радостно зашагал.

Сердечные соки за неделю перебродили в топливо. Я заранее переживал, как мало впереди пути, как быстро я достигну Судака, неутомленный. И обстоятельно думал о маленькой утраченной певице, содрогался от нежности. Мне казалось, я все еще чувствую губами пульсы теплого девичьего виска. Мы ехали в маршрутке, она прильнула ко мне, словно доверчивый ребенок, я нежно целовал этот беззащитный висок, хрупкую детскую косточку. Что поделаешь, висок запомнился мне больше многоопытного ее взрослого рта...

Дорога походила на неширокую деревенскую речку, а узкая обочина была каменистым бережком. Где начинались овраги, торчали выкрашенные зеброй бивни из бетона, в глубоких щербинах и сколах. Деревянные столбы электропередач казались римскими осиротевшими распятиями.

В пышных и колючих кустах я углядел торчащий черенок лопаты или другого огородного инвентаря. Вытащил, будто из ножен. Он был приятно шероховатым, черенок, совсем как боевое древко, – ну, может, коротковат для пики, но вполне подходящ на должность посоха.

Через полчаса я почувствовал солнце и снял футболку, мне хотелось побыстрее подставить тело лучам, обветриться и потемнеть...

Возникло неудобство – рюкзак. Я неумело сложил его, еще дома бросил вещи как попало. Консервы и кастрюлька давили в позвоночник. Я проложил угловатые предметы полотенцем, это не особо помогло. Без футболки грубый брезент лямок натирал ключицы.

Солнце ласково наглаживало кожу, и обидно было думать, что под горбатым рюкзаком томится и мокнет белая спина, а загорают только плечи и руки.

Появилась идея использовать посох, как коромысло. Картинка – «Странник с узелком на палке». Я подвесил рюкзак, уложил посох на плечо. Шагов через двадцать рюкзак слетел на землю, я не удержал – он был увесист, словно пушечное ядро. Дальше я понес его в руке, по очереди, то в правой, то в левой.

Я шел и по мере сил радовался дороге, зарослям, щедрому запаху щебенки и хвои. Наступило время первого глотка, я степенно достал дедовскую флягу, отвернул крышку, пригубил – вода была холодной и железной, в колючих минеральных пузырьках.

Я смаковал глоток, смотрел на горы, что были как огромные цирковые шатры, на южные деревья, чьи сверкающие листья точно вырезали из серебряной фольги. Мне казалось, вдалеке я вижу море, но это был нижний, особо голубой регистр неба.

Сверился с часами. Было девять утра, я шел чуть меньше часа. Пока любовался красотами, растертой ключицей поживился яростный слепень. Я увидел уже раздувшуюся шишку от укуса. Мне сразу почудилось хищное насекомое на лопатке, я шлепнул себя футболкой по спине, как лошадь хвостом.

Указателя на Солнечную Долину все не было. Дорога оставалась пустынной, за полчаса моего пути мимо проехали, должно быть, две машины.

Во мне бурлили силы. У живописной скалы, похожей на замковую башню, я не удержался и устроил репетицию античного штурма. Настал черед для шашки – чем не короткий меч. Я вообразил себя гоплитом. Рюкзак был несколько тяжелее круглого спартанского щита, но выбирать не приходилось. В левой руке копье, в правой меч. Я рванул наверх по склону. Пробился через царапучие заросли, схватился с парой веток, поразил копьем воображаемого перса – корявый низкорослый дубок, достиг подножия скалы, полез наверх, помогая пальцами – из-под ноги вылетел и защелкал камень. Мелькнула неспартанская мысль: не грохнуться бы, не напороться бы на шашку брюхом, вот будет номер...

Отдышавшись, я оглядел покоренную твердыню. Внизу простирались холмы, поросшие зелеными бровями. В отару сгрудились маленькие жилища – наверное, это и была Солнечная Долина. До винного поселка рукой подать – пара километров.

Поверхность скалы оказалась щербатой, как грецкая скорлупа. В неглубокой выбоине я соорудил очаг. Собрал высохшие веточки, пучки травы, какие-то корешки и прочую горючую труху, шашкой в три приема отсек у можжевелового кустика мертвую голую ветку, напоминающую обглоданную руку.

Порадовался, что прозорливо запасся сухим спиртом. Из таблетки разгорелось пламя. Я поставил кастрюльку, налил из фляги воды. Для завтрака у меня была сухая вермишель «Мивина» и домашние сухари.

Огонь на солнце был совсем бесцветным, мне иногда казалось, он потух, и я совал проверочную щепку, она чернела, тлела...

Упрямая вода долго не закипала, глазела с донышка крошечными рачьими пузырька-

ми, но я не торопил ее, мне было хорошо.
Я выдернул какой-то сорный колос, закусил
его упругий стебелек.

В забурлившую воду я положил брикет
вермишели. Из холщового мешочка бросил
горстку сухарей. Настал черед складного
ножика. Хотелось тушенки, но консервный
коготь никак не вылезал – приржавел. Тогда
я нарезал колбасы...

И чуть не прослезился: небо в немысли-
мом голубом свете, покрытые цыплячьим
желтым пухом холмы, домики, «Мивина»
и сухари в кастрюльке, на душе любовная
тоска, а впереди вся жизнь... Я не знал, кого
благодарить за это счастье. В голове, как
яичко, округлилось и снеслось первое четверостишие.

Я достал блокнот, пузырек с чернилами,
перо. Состоялось торжественное отвинчи-
вание крышки чернильницы, обмакивание.
Я перенес перо с набрякшей каплей на бума-
гу. За три нырка перо вывело:

> Не скоро к мысли я пришел,
> Что память есть сундук страданья,
> И терпкие воспоминанья –
> Одно из самых страшных зол...

Я полюбовался на итог, закрыл блокнот. Почувствовал, что плечи как-то пересохли. «Не спалить бы», – подумал и сразу же забыл, потому что подул остужающий ветер. Внизу, под скалою, промчался громкий мотоцикл, похожий на кашляющую пулеметную очередь. Я глянул на часы – начало одиннадцатого. Засиделся.

Еще на скале я заменил джинсы шортами – они были матерчатые, долгие, точно семейные трусы. Я их чуть подоткнул – так бабы у реки подбирают юбки, когда полощут белье, – хотел, чтобы ноги тоже загорали...

Минут через двадцать показалась развилка. Судакская трасса утекала дальше по серпантину. Я свернул на дорогу, ведущую к Солнечной Долине – вспомнились слова водителя о местном магазинчике. Пряная добавка к вермишели разворошила жажду, я несколько раз основательно приложился к фляге и понял, что воды в ней осталось меньше половины. Мне пришла на ум идея пополнить питьевые запасы вином.

Распаренный асфальт был густо, словно панировкой, присыпан гравием. Травы нагрелись и благоухали народной медициной, горькими лечебными ароматами. Стрекотали на печатных машинках кузнечики. Невиданные крупные стрекозы сверкали слюдяными крыльями, драгоценными глазастыми головами. Я сшиб рукой медленную бронзовку. Подобрал упавшего жука, он был как маленький слиток.

Подкравшийся ветер точно окатил теплом из ведра. Я огляделся – меня окружал жаркий и очень солнечный мир. На часах без малого одиннадцать. Это ж когда я дойду до Судака?..

Я в который раз почувствовал плечи. Надавил кожу пальцем, покрасневшая, она откликнулась пятнами, будто изнутри проступило сырое тесто. Похоже, что подгорел... Набросил на спину футболку.

Бог с ним, с молодым вином, с коллекционным «Черным Доктором». На полпути к Долине, свернул на грунтовую дорогу. Возвращаться к трассе было лень. Я решил идти параллельно ей через холмы. Представлял, что походным шагом за полтора часа доберусь до цели. Мне же говорили – всего пятнадцать километров, а десяток я, наверное, прошел...

Она была белой, дорога, словно в каждую колею насыпали мел. Степь играла червонными волнами, вдруг под порывом ветра точно перевалилась на другой бок и сделалась цвета зеленой меди – потемнела, как от грозовых туч.

Среди диких злаков виднелись фиолетовые рожки шалфея, я сорвал один цветок, растер в ладонях, он оглушительно запах. Пискнула полевая птица. Сознание помутнилось и снесло второе четверостишие. Я торопливо полез в рюкзак за чернильницей и пером. Пала с опущенных плеч футболка:

> Перепела кричат, что близок
> Июля яблочный огрызок,
> А вязкий зной в колосьях ржи
> Степные лепит миражи...

На страницу с взмокшего лба шлепнулись две капли. Едкий пот снедал пылающие скулы. Я поискал лопух или подорожник – что-нибудь широколистное, чем можно прикрыть нос, и не нашел. Лишь колосья там росли, полынь, да цветики мать-и-мачехи. Были деревья – дуб с маленькими никчемными листиками и полуголая фисташка. В ее сомнительной тени я устроил привал, бережно глотнул воды. Прав, прав был Циглер, лучше бы не упрямился, а взял целую бутылку – тут такое пекло...

Из блокнота я выщипнул листок, облизал и налепил на переносицу. Плечи саднили, будто их ободрали наждаком. Покраснели руки. Нужно было как можно быстрее добираться до Судака.

Я снова поглядел на часы – без пяти минут полдень. Сокрушающее южное солнце стояло в зените. Кругом были курганы, поросшие русой травой – в желтых и розовых соцветиях, похожих на акварельные капли. Прорезались зыбкие полоски облаков, точно кто-то усердно полировал небо и затер голубую краску до белой эмали.

Я продирался сквозь окаменевшие травы, ранил лодыжки, уже не понимая природы боли – сгорели, оцарапались? Не выдержав когтистых приставаний, полез за джинсами. Надевая, исторгал стоны. Одутловатые ноги еле помещались в грубые штанины. При ходьбе жар пробивал плотную ткань тысячей горячих иголочек, словно наотмашь хлестал еловой веткой.

Как после крапивы горели руки. Куда их было спрятать? Одеждой с длинными рукавами я опрометчиво не запасся. Мне бы совсем не помешала шляпа или панамка с утиным козырьком, но таковых у меня не было, я презирал любые уборы – зимние, летние, они не водились у меня...

Бумажный намордник слетал каждые несколько минут, я заново его облизывал, а в какой-то раз мне уже не хватило слюны, чтобы прикрепить его к носу.

Я достал парусину и с головой завернулся в нее. Тяготил рюкзак, на спину его было не набросить, он комкал мой балахон и натирал ожоги на лопатках. Нести в руке – нещадно толкал пламенеющую ногу. Поначалу получалось удерживать рюкзак чуть на отлете, потом устала кисть. Выход нашелся – я надел рюкзак на грудь: из горбуна превратился в роженицу.

Вдали увидел деревцо и чуть ли не бегом рванул к нему. Достиг и закричал от досады – то был можжевельник, издали зеленый, вблизи – дырявый, в реденькой хвое. И везде, куда ни кинуть взгляд, холмилась выгоревшая травяная пустыня. Я уже не понимал, куда мне идти...

Решил соорудить спасительный навес, чтобы под ним переждать жару. Можжевельник хоть был невысок, с кривым, будто поросячий хвост, стволом, но ветки его находились в полутора метрах от земли и вместо навеса я ставил какой-то парус. Чертово солнце стояло высоко, и проку не было в такой защите. В этот отчаянный момент родилось очередное четверостишие. Я достал чернила. Пока жара нещадно шпарила согнутую спину, записывал:

Я в символической пустыне
Месил зыбучие пески,
И солнце, желтое, как дыня,
Сверлило пламенем виски.
Слетел нежданный серафим...

Я отложил блокнот, обвязал ствол можжевельника углами парусины. Получилось нечто похожее на перевернутый гамак. Для мягкости я подложил под спину надувной матрас. Накачивая, чувствовал, что из легких вылетает горючий воздух, словно из пасти Горыныча. Матрас был жарче натопленной печи.

Укрылся, но солнце бесстыже лезло как под юбку, прихватывало, щипало. Проблемный фланг я защитил купальным полотенцем, лежал, подтянув ноги – лишь так получалось спрятаться. Чтобы отдохнули взмокшие ноги, разулся. Кеды поставил рядом с рюкзаком.

Вода на вкус была не газированной, а кипяченой. Я сделал несколько глотков, и фляга опустела. Я отложил ее, закрыл глаза и провалился в сон.

Очнулся, как от удара. Голова, ушибленная, гудела. Потянулся за часами, дотронулся и отдернул руку – они нагрелись, точно расплавленный свинец. Я подбрасывал кругляш в ладонях, студил, будто печеный, только из углей, картофель. Потом открыл – остановились на двенадцати минутах первого. И я уже не знал который час. Наступил вечный полдень.

Лежать нельзя – подохну от жары. Нервически хотелось пить, трясло: воды, воды! Я сорвал можжевеловую щепотку, положил в рот – не помогло. Беспокоила правая стопа, она горела, словно ее объели муравьи. Я посмотрел и понял причину. Пока я находился в забытьи, нога выскользнула из укрытия. След был как от кнута – жгучей красной полосой.

Наперво облегчил рюкзак, высыпал тяжелые консервы. Шашкой вырыл ямку и зарыл банки – вдруг еще вернусь.

Кеды пропеклись, их резина стала мягкой, ее можно было отщипывать, как мякиш. Я смог обуть левую ногу, а правую, подгоревшую, оставил в носке. Посох сперва выбросил, затем сообразил, что без него хуже, и снова подобрал. Выступающую опорную руку полностью обмотал футболкой. Таким и пошел дальше – с головы до ног в парусиновой попоне. При каждом хромом шаге на брюхе звякали бубенцами ослабшие застежки рюкзака. Я был похож на прокаженного. Один в безлюдном раскаленном мире.

Дорога медленно истончилась до одной колеи, та, в свою очередь, обернулась тропинкой, которая затерялась под камнем, покрытым ржавыми разводами лишайника. Я будто уперся в прозрачную границу.

Меня окутывал зной, отлитый из золотого и голубого звонкого металла, живое, дышащее мартеновским жаром существо. Я спохватился, что давно умолкли кузнечики. Наступило безветрие, и не шумела высохшая трава. Я перестроил слух на тишину и сразу же услышал тихое равномерное потрескивание – то в солнечном великом огне рассыхалась степь.

Вдруг подала голос одинокая и громкая цикада, звук был железным, словно кто-то невидимый прозвенел связкой ключей.

Вслед за этим раздался скрип – такой бывает, когда отворяют подпол...

Вековой страх потрогал мой загривок, подтолкнул – иди! Я переступил ржавый камень, шагнул.

Я был на холме, а внизу поле цвета охры – ни стебелька, ни кустика. Рядом пролегала битая и пыльная дорога. Я спустился вниз, одна нога в носке, вторая в кеде. Шаркал, спотыкался, в голове вместо мыслей кружил бумажный пепел.

Вдруг ощутил, что странно переменился. Куда-то подевался стыд. Я будто уже не считался человеком, утратил ум, приличия и внешний вид. Если бы мне захотелось помочиться, то не снял бы джинсов, не поднял балахона. Рот пересох, но пить не хотелось. Жажда затаилась, как давнее пережитое горе, которое всегда рядом и уже не мешает.

Чувствительной горячей спиной я ощутил чье-то присутствие, оглянулся, но увидел лишь пройденный путь с холма, пустынную дорогу в камнях, похожих на черствые куски хлеба.

Страх настиг и приобнял за ребра – я услышал шелестящие вкрадчивые шаги и хриплое придыхание. Кто-то подкрался ко мне. Сердце дергалось, точно его пытались оторвать, как рукав у рубашки.

Я резко повернулся всем корпусом, отмахнулся посохом...

У моих ног шевелился большой полиэтиленовый пакет. Он был исполнен воздуха, выкатил надутую грудь, словно токующий тетерев.

– Дурак! – пробормотал я. Он пошумел, будто в нем кто-то завозился. Я посохом подбросил пакет – он был невесом и пуст.

Пошел, и пакет немедля тронулся за мной вдоль дороги. Вырвался вперед, замер, чтобы подождать. Я встал столбом, он вернулся и закружил вокруг меня. Это было и смешно, и жутко – ученый, как служебный пес, пакет...

Решил прогнать его, замахнулся. Он спорхнул с дороги и уселся в нескольких метрах. Отпрыгнул на шаг, другой, точно куда-то приглашал. Я проковылял мимо, он раздраженно кудахтнул, полетел вдогонку, приземлился и вдруг затрещал на ветру – вибрирующей призывной трелью. Я посмотрел на него, он снова что-то прошамкал пластиковым ртом и низко полетел над полем. Я сошел с дороги, двинулся вслед за пакетом. По сути, мне было все равно, куда идти.

Я заметил, что пропало солнце, а небо при этом оставалось чистым, без облаков, и только синева стала напряженнее. Я больше не ощущал зноя, он кончился.

Поле становилось пологим склоном горы. Мы поднялись, и пакет, словно исполнив свою работу, взмыл, унесся.

Я увидел пустырь, напоминающий вытоптанную лошадями цирковую арену. Вокруг росла трава, похожая на распустившийся камыш.

Пробежали вереницей три собаки: вокзальные, феодосийские, пошитые из мехового рванья. Они меня немедленно узнали, и каждая пристально глянула в лицо. Я поразился их мудрым человеческим глазам. Последняя лукаво улыбнулась, и я понял, что это Циглер.

Я шел по тропе, желтой, как пшено. Мне предстало маленькое деревенское кладбище. Забор отсутствовал, землю живых и мертвых разделяла канава. Могилы были убраны в оградки, будто звери в зоопарке. Там промеж надгробий цвела сирень и тонкие фруктовые деревья стояли по пояс в белой известке. Кладбище оказалось малонаселенным, могилы не жались друг к дружке.

Я подошел к плите, белой и широкой, как стол. Примостился на теплый угол, прочел, что под плитою похоронен второго ранга капитан Бахатов. Имени не было, там вообще на памятниках и крестах почему-то отсутствовали имена – одни фамилии.

Я снова поразился тишине. Ни ветра, ни жуков, ни бабочек. Ужас вкрадчиво взял за грудки. Откуда в начале июля цветущая сирень, почему трава пушит одуванчиками?

Раздались женские голоса. Вдоль кладбищенской канавы ковыляла нарядная старуха в синей долгой юбке, светлой, с вышивкой блузе, на плечах платок – так наряжаются на сцену исполнители народных песен. Плелась за молодой женщиной: та шла по дороге, одетая в домашний ношеный халат, на руках несла ребенка, спящего или просто притихшего.

Старуха канючила: – Анька, дай малую подержать!.. – заносила над канавой ногу, но не решалась или не могла переступить расстояния.

Молодая отвечала: – Я же сказала – нет! – Отвечала спокойно, но очень жестко.

Старуха оглянулась, заметила меня: – Ну, Анька!.. Доча! – тон ее сделался извиняющимся, точно старухе было неудобно перед посторонним за чужую грубость. – Анька, дай же!.. Уважь мать! Хоть потрогать!

– Мама, возвращайся к себе! – говорила женщина и прижимала к груди спящую девочку.

Она тоже меня увидела – сидящего на могиле в причудливом тряпье. Сказала радушно: – Здравствуйте!

Я кивнул в ответ. Она продолжала, эта Анна: – Вы, главное, по канаве со стороны кладбища не ходите! Только по дороге, слышите?!

– Анька! – Старуха злилась, топала ногой, обутой в черную лаковую туфлю. – Дай бабушке малую подержать!..

Они ушли, затих разговор. Я еще чуть отдохнул на капитанской могиле, спохватился, что не спросил у местных, где Судак.

На дороге уже не было ни старухи, ни женщины с дочкой. Из-за кладбищенского поворота показался мужчина, в настежь распахнутой светлой рубахе. Он странно шел – вперед ногами, как в украинском танце, они опережали все его туловище – ноги в закатанных до колен серых штанах, на босых грубых ступнях черные, словно покрышки, стоптанные шлепанцы. Рядом резвился мальчик, смуглый и юркий, с виду лет

семи. Я поначалу принял его за коротко-
шерстного пса, но разглядел в нем невырос-
шего человека. Он был еще горбат на одно
плечико, а маленькое лицо светилось умом
и бешенством.

Мы встретились. Мужчина остановился,
а мальчик заплясал на месте – дурачился.

– Знаете, какой он сильный, – улыбнулся
мужчина. Обветренное в глубоких морщи-
нах, лицо его было коричневого картофель-
ного цвета. На открытой груди виднелся
шрам, как два сросшихся накрест дождевых
червя.

Он произнес: – Сашка, а ну, покажи дяде!

Горбатый малыш загудел мелодию: «Советский цирк умеет делать чудеса», обхватил
мужчину за ноги и легко поднял. Поставил
на землю и засмеялся, показав уродливые,
набекрень, зубки.

Я спросил: – А вы отсюда?

Приветливое лицо старшего вдруг стало
твердым и гордым: – Бог не сделал для меня
ничего хорошего. Поэтому я за Сатану!

Он отвечал не на мой, а на свой самый
главный вопрос.

Мальчишка высунул алый, точно перец,
язык, и замычал. Я присмотрелся к его не-
чистым маленьким рукам и поразился, ка-

кие у него длинные ногти – мутного стеклянного цвета.

Я спросил: – Как называется это место?

– Меганом.

– А море далеко?

– Там, – он размахнулся рукой, словно бросил в направлении камень. Указывал на замшевые холмы неподалеку.

Я восходил на вершину, будто поднимался по ступеням из ущелья. Поднялся и увидел потерявшееся солнце. Оно уже клонилось в сторону заката, большое и желтое. В тускнеющем небе облачным пятном просвечивала луна. Над косматою травой дрожало жидкое марево спадающей жары. Бог его знает, где я полуденничал, но на этих вечереющих холмах день определенно заканчивался.

Мне вдруг открылся край земли, а за ним синева. По далеким волнам, похожий на плевок, мчался в белой пене прогулочный катер – прямиком к городу на побережье.

Каменистый склон дал ощутимый крен. Я ступил на грунтовую дорогу. Рядом с обочиной валялся песчаник в рыжих лишаях. Перешагнул через него и понял, что скоро мой путь закончится.

Дорога разбежалась врассыпную десятком направлений. Кренистой, крошащейся тропкой я спустился к морю – в бирюзовых маленьких лагунах. Дикий пляж походил на заброшенную каменоломню. Среди валунов стояла укромная палатка.

Я вспомнил про свой прокаженный вид. Скинул с головы парусину, пригладил волосы. У несуществующего порога подобрал два булыжника и постучал ими, как в дверь. Тук-тук.

– Есть кто-нибудь?..

Никто не откликнулся. Я оглядел чужую стоянку, походный быт подстилок и натянутых веревок, закопченный очаг. Сохли черные котелки, эмалевые миски, пара ласт, похожих на лягушачьи калоши.

Хозяева ушли, возможно, за пищей или на сбор хвороста. В искусственной тени каменной ниши я увидел белые питьевые канистры. Не поборол соблазна, потянулся. Там была вода. Я пил, как прорва, не отрываясь. И сразу опьянел. Без сил присел у места воровства. Ждал людей, но раньше проснулся голод. Поужинал сухарями и колбасой. Мне казалось, что у меня во рту растаяли все зубы, точно они были из рафинада, я пережевывал жесткую еду вареными деснами.

В рюкзаке помимо еды нашлась целлофановая пленка из-под сигарет. В ней размякшая черная смола. То был маленький идол, вылепленный мной из битума – один из четырех. Я взял его с собою, траурный символ, а он потек от жары, словно оловянный солдатик, превратился в пахнущую гарью размазню.

Не было божка, не существовало больше моей смешной любви. Я отбросил пачкучий целлофан.

Хозяева не возвращались. Я помаленьку разоблачился: распеленал руки, совлек с проклятьями прикипевшие к туловищу футболку и джинсы. Я напомнил себе обгорелого танкиста.

Красный, как петрово-водкинский конь, зашел в море. Нырнул и поднял облако кишащих пузырьков, зашипел, подобно свежей кузнечной заготовке.

Море не успокоило зудящую кожу. Выбрался на сушу, кружилась голова, тело жарко пульсировало, будто я окунулся в прорубь.

Никто не возвращался. Солнце ушло за гору, склон сразу потемнел, поблекла нежная морская бирюза. Луна все явственнее проступала в сером небе, белый ее призрак наливался желтизной. Далекой блесткой подмигивала Венера.

Я достал часы, глянул на всякий случай. Они показывали начало десятого. Чудаковатые часы вышли из спячки и нагнали упущенное время. Или они не останавливались...

Я второй раз приложился к канистре и наполнил мою флягу. В рюкзаке завалялась случайная консервная банка скумбрии. В блокноте на последней страничке я написал чернилами послание дикарям: «Ребята, взял у вас воды, простите, что без спроса», оторвал листок и придавил консервной скумбрией, чтоб не улетел – не бог весть какой, но все ж таки калым...

Я помочился в море желтым лунным светом. И отправился наверх, искать себе ночлег. В степной траве среди полыни и шалфея я надул упругий матрас, прикрыл его парусиной. Горячей рукой в два счета дописал четверостишия – початое и новое.

> Слетел нежданный серафим,
> И задавал свои загадки.
> Их смысл, кажущийся гадким,
> По сути, был неуловим.
> Слова звучали, как шарманка,
> И открывали взгляд на мир.
> И хлопьями летела манка
> Из голубых вселенских дыр.

Без интереса и души водил пером, зная, что это – поэтический послед из прошлой жизни. Мне было чудно и одиноко. Я ощущал необратимую органическую перемену.

Я понимал, что со мной теперь навеки сияющий огненный полдень, железный треск цикады, глазастые собаки, фамилия мертвого капитана и нечистые ногти маленького горбуна.

Заранее грустил и тосковал, что с этой звездной ночи я буду только остывать, черстветь, и стоит торопиться, чтобы успеть записать чернилами все то, что увиделось мне в часы великого крымского зноя.

Берлин-трип. Спасибо, что живой

Если это уже был «трип», то начинался он желчным многословием.

– А вот я не люблю Берлин, хотя обычно всюду говорю, что город хороший. Лицемерю, как всякий человек старше тридцати, потому что всерьез его нельзя любить, Берлин, в нем нет ничего, что поражает воображение, вот в Кельне, хотя бы кельнский собор, который похож на Бэтмена, а в Берлине нет кельнского собора, а есть мудацкая телефункен на Александерплатц, похожая на чупа-чупс, и поэтому я лгу, словно герой «Служебного романа»: – Вы красавица, Людмила Прокофьевна...

Как пьяный к радиоприемнику, я приебался к серенькой, на троечку, девушке Асе из Читы (Чита – это ты стоишь перед картой Родины и тянешься вправо всей длиной руки – вот там Чита, а в ней раньше жила так себе Ася). Она сообщила, что последние пять лет учится в Петербурге, а теперь тут в гостях, и просто влюблена в Берлин.

Я впал в то состояние ума, когда речь превращается в течь:

– Любовь к Берлину – это заговор или, точнее, сговор обманутых дольщиков, желающих затащить в свою секту побольше людей, которым, дескать, понравился Берлин, хотя нет на свете ни одного города, который стоило бы любить, но Питер точно любят, а про Берлин притворяются, и девушке, выросшей в Чите, не за что любить Берлин. Я знаю двух любителей Берлина, они феерические, отпетые гондоны, вот им Берлин нравится, и знаком с одним очень достойным человеком, которому Берлин отвратителен, поэтому если тебе кто-то сообщает, что ему хорошо в Берлине, значит, он лжет, либо купил квартирку на Савиньи-платц, потому что Берлин – это Лондон для московских мидлов, и мы же не гондоны в конце-то концов, не мидлы, чтоб нам Берлин нравился?..

В однокомнатной квартире на Хиддензе-ештрассе я съел печенье. На вкус оно было как обычное овсяное. Вначале преломил его, сжевал свою половинку, запил пивом «Штернбург» – самым дешевым, пролетарским, пятьдесят центов бутылка.

Затем прожил полчасика и сказал безнадежно: – Не берет, Вить...

Хозяин печенья по имени Витя снова достал коробку: – Ты просто крупный. Сколько в тебе – сто килограммов? Больше?

Харьковских времен друг Леха называл травяного, как Уитмен, кудрявенького тощего Витю – «рукколой».

Я съел вторую половинку, а после еще половинку. И еще одно целое печенье – стащил из коробки, потому что проголодался.

Читинская повстречалась нам на лужайке перед планетарием, что на Пренцлауэраллее. Мы вышли пройтись. Думали сначала в Мауэр-парк, но выбрали ближний отдых, перешли через дорогу. Там Витя и увидел своих знакомых, они выгуливали приезжую из Читы.

– Почему вы здесь в Берлине живете, если вы его так не любите! – рассердилась Ася.

– А я здесь и не живу! – парировал я, взгромоздился на велосипед и покатил домой на Петербургерштрассе – обедать.

И я соврал Асе, тогда я еще жил в Берлине.

Дома, лязгая от голода зубами, затолкал в электрическую духовку мерзлую пиццу. Через минуту запахло ладаном. Мне хватило ума сообразить, что я не вынул пиццу из полиэтилена. Стащил вилкой морщинистую, в оплавленных язвах упаковку, сунул обратно пиццу, заново установил таймер и сел смотреть «Ведьму из Блэр».

Вскоре я понял, что не слежу за фильмом, а бездумно грежу на его дерганой поверхности: «Вот, у нас камера, и мы едем снимать про ведьму... Здесь много детских могил...»

Неожиданный, отозвался таймер, и я вздернулся от его резкого дребезга. Пицца с виду была готова. Я коснулся еды осторожным ртом и не почувствовал температуры. Она будто не прогрелась, пицца, и румяные медали салями были пресными на вкус. Я ощутил деснами совершенно сырое тесто.

Собрался отнести четвертованную ножом пиццу на кухню, чтоб довести до готовности, но прежде по телу прошли теплые вкрадчивые судороги. «Началось» – с удовольствием подумал я. Но это было последнее ощущения удовольствия.

Мелко содрогался, пульсировал живот. Вдруг показалось, что к губе прилип навязчивый кусочек сырого теста. Я попытался его снять, но пальцы потеряли всякое родство со мной, точно я отсидел их. Чужая рука пощупала губу. Да и самой губы уже не было – вместо нее торчал какой-то пористый мягкий нарост.

Я постарался сосредоточиться на мельтешащих событиях фильма – не тут-то было. Тесто, поразившее своими спорами ротовую полость, как разумная зараза, расползалось по всему лицу – его словно затянуло гипсовой смертной маской.

Кольнул первый испуг. На хер «Ведьму»! Решительно закрыл ноутбук и взялся руками за окаменевшее лицо. В этот же момент откуда-то со стороны налетело «одеяло» – некая темная распростертая масса. Она пронеслась над головой и пропала.

Чтобы не поддаться страху, заговорил вслух. Тесто уже протекло в гортань, поразило связки и бронхи, голос, прозвучавший в комнате, был не вполне моим, рыхлым, дырявым.

– Спокойно, это всего лишь приход, – произнес я. – Ничего страшного...

– Уверен? – неожиданно отозвался в голове внутренний Симург. – А по-моему, все очень даже страшно. С мексиканскими грибами ведь такого не было?

Где-то полгода назад мы купили на троих. Дуфт-киссен, «ароматическая подушечка» – так называлась эта зашитая в матерчатый пакетик отрава в магазинчике, торговавшем стеклянными трубками, кальянами и прочими джанки-аксессуарами.

Каждому досталось по одному сушеному грибочку. Накатил телесный мелкий озноб, и изображение переливалось неоном и ртутью, из всякого узора рождался и кружил калейдоскоп. Всей забавы часа на три. Но страшно не было – скорее, странно и весело...

– И кроме того, вы грибы употребили втроем. В компании. Полное соблюдение техники безопасности. А сейчас никого рядом...

По животу прошла крупнокалиберная дрожь, похожая на барабанную дробь эшафота.

– Еще вопрос: сколько половинок печенья скушал сам Витя? Помнишь?

– Одну половинку...

– Отлично. Прожженный наркоман Витя берет себе одну половинку. А ты сколько?

Пять половинок? Догадываешься, что это означает?..

– Что?..

– Ты передознулся! А-а-а-а! – внутренний Симург взвился паническим криком. – Вот что! И еще неизвестно, что именно было в этом печенье! Может, просто химия! Яд! Ты ж сейчас умрешь! Дошло наконец-то?! А-а-а-а!..

Я подскочил со стула, и тут же налетело «одеяло». Затрепетало, захлопало паническими петушиными крыльями сердце.

Только б инфаркта не было...

Словно подслушав мои мысли, сердце раздулось. В груди шмыгнула мучительная острая игла, сердце лопнуло и потекло...

– Инфаркт! – заорал Симург.

Меня сотряс ужас непоправимого. Что бывает при инфаркте? Паралич?

В тот же миг, как по заказу, тесто вязкими бинтами спеленало туловище.

– Паралич! – воплем откомментировал Симург.

– Что делать?! – закричал я. – Помоги!

– Не знаю, не знаю! – скулил Симург. – Звони срочно Вите! Может, он подскажет? Накормил, пусть спасает! Как ты мог?! – убивался. – Такой молодой! Умрет на полу!..

Парализованной рукой я выхватил из кармана мобильник. Жуть мутила зрение, я лихорадочно выискивал в телефоне Витин номер. Всякий раз, когда я проскальзывал пальцем мимо имени, Симург всхлипывал от отчаяния: – Не звони Вите! Лучше сразу в «скорую»! Может, еще успеют спасти!

Витин телефон оказался выключен.

– Он тоже передознулся и умер! – надрывался, подвывал Симург. – У-у-у-умир-р-раем!..

– Не ори! А если проблеваться?! Вдруг, еще не поздно?!

– Поздно, поздно! Все всосалось в кровь! Звони в «скорую»! Только доползи в коридор и открой дверь, чтоб санитары могли зайти!

Заиграл мобильник. Это Витя! Слава Богу!

Но звонил друг Леха. Видимо, вместо Вити я набирал его.

– Срочно приезжай, братан! – я старался говорить спокойно и мужественно, хотя проклятый Симург в это время нашептывал плаксивые слова, что-то вроде: «Леша, умоляю, ради всего святого...»

– Я у Вити был и печенья с гашишем сожрал. Кажется, отравился...

– Не ссы. Просто чаю выпей сладкого, с медом.....

– Ради всего святого! – суфлировал Симург. – Христом Богом!..

– Братуха, мне совсем нехорошо. Что-то с сердцем...

– Я вообще-то в Гамбурге у Мариолы... Ты, главное, не нервничай, успокойся...

У-у-у-мир-р-р-аю! У-у-у-моляю!

– А может, вызвать «скорую»?! Время же идет! Я Вите звонил, он не отвечает! Возможно, ему тоже помощь нужна...

– Не надо никого вызывать. Еще ни один человек не умер от печенья. Тебе это все кажется. Ты вот что... Поезжай к кому-нибудь. Нет Вити, дуй к Шольцу. У него стаж побольше Витиного будет...

Я вихрем промчался по комнате, опрокидывая стулья, расшвыривая вещи. Где записная книжка?!

– Быстрее, быстрее! Господи-и-и! – подгонял Симург. – Почему ты ничего не кладешь на место?! Сейчас, когда каждая секунда на счету!..

Нашлась! Но беда была в том, что я записывал телефоны подряд – познакомился с человеком, занес в книжку. И как теперь его отыскать, спасительного Шольца?

Симург разразился отвратительными, взахлеб, рыданиями: – Срочно, пока еще держат ноги, беги на улицу! Если там потеряешь сознание, то тебя подберут, отправят в больницу!

Я искал номер. Листал. Буквы и цифры путались. Рядом содрогался Симург и не давал сосредоточиться, молил: – Открой дверь входную! Покричи в окно! Постучи соседям!

Закололо в голове. Интересно, а от гашиша может быть инсульт?

Я почувствовал, как лопается в мозгу сосуд и горячая кровь заливает полушария.

– Инсульт! – прокричал Симург. – Доигрался!

Но тут отыскался Шольц. Номер получилось набрать с пятого раза, пальцы давили мимо кнопок.

– Здорово, это Елизаров. Ты сейчас дома?

– Ну, ты же на домашний звонишь, а я отвечаю. Значит, дома...

– Тут такое дело, я обожрался у Вити печенья. Можно я к тебе приеду, мне одному нехорошо...

Шольц похмыкал: – Ну, приезжай, конечно. Адрес помнишь?

Превозмогая инфаркт, инсульт и паралич, я сбежал вниз, к велосипеду.

– Какой Шольц! – вопил, цеплялся за ноги Симург. – Тебе надо в госпиталь Фридрихсхайн! Это за углом! Ради всего святого!

– Иди на хуй! Заткнись! – послал я чертова паникера Симурга.

Он тихо, по-стариковски, заплакал: – Мать пожалей!..

Я гнал велосипед к Шольцу. Наверх по Данцигерштрассе, потом повернуть на Грайфсвальдер к парку имени Эрнста Тельмана. И где-то там, среди неведомых дорожек, стоят башни-близнецы, две двадцатичетырех- или, не помню сколько, – этажки. В одной из них – только в какой?! – обитает Шольц.

– А! А! Тормози! Ты забыл дома мобилу! Все пропало! – всполошился на полдороге Симург. – Как ты позвонишь Шольцу, если что?! Давай обратно! В больницу!

– Покричу ему! Он услышит!

– А голос хоть есть? – сомневался Симург. – Проверь...

Со стороны это выглядело, наверное, так: несется всклокоченный небритый человек: – Шольц! Шольц! Шольц!

А ведь так и недолго голос сорвать – я подумал и в ту же секунду остался без голоса. Из горла вылетал то ли свист, то ли фальцет.

– Теперь все кончено! – в который раз отчаялся Симург. – Вон мужик идет, у него сострадательное лицо, крикни ему: «Хильфе!»...

Я слез с велосипеда, потому что к каменному Тельману вели ступени. Следом плелся и канючил Симург.

– Ну, хорошо, не инсульт, не паралич. Но ты на руки свои посмотри. Они ж синие. Ты задыхаешься?

Я задумался об этом и немедленно задохнулся. Воздуха не стало. Я резко потянул горлом пустоту – раз, другой...

– Спасите! – взвыл Симург. – Задыхаемся!

Я закричал. Утраченный недавно голос сразу же вернулся ко мне.

– Я больше никогда не буду жрать эту дрянь! Клянусь!

– Верю! – всхлипывал Симург. – А знаешь, почему не будешь?..

– Почему?

– Мертвые не едят!..

Я вскочил в седло. Мне показалось, что безвоздушное пространство должно прекратиться за поворотом, и вырулил прямо к подъезду первой башни.

Кинулся к панели с фамилиями жильцов. В глазах зарябило. В гигантском доме, точно в улье, добрая тысяча людей. Не обычный взвод из двадцати жильцов, а целый полк. Я никогда не найду среди них Шольца. Дыхания по-прежнему не было.

– Все кончено, – прошептал Симург. – Я ведь предупреждал... Такой молодой... Такой талантливый...

Я летел пальцем по табличкам. Как-то с размаху нашел! Вдавил кнопку звонка...

Из мембраны домофона отозвался Шольц: – Добрался? – затрещал, открываясь, замок, я потянул дверь. – Поднимайся, семнадцатый этаж...

– У нас нет никаких сил, – залился девичьими слезами Симург. – Нет сил...

Безвольная свинцовая слабость гирями повисла на теле: – Шольц, плиз, я сам не доберусь...

– Ладно, жди...

Я ждал, придерживая дверь, а Шольц все не шел.

Молчавший до того Симург, оборвал рыдания: – А ты хоть дома не перепутал? Они же одинаковые. Что если Шольц живет в другой башне? Он оттуда вышел! Уже давно!

А тебя не нашел! Потому что ты, как дурак, стоишь тут!..

Я озадачился и задышал – легочный приступ тоже оказался мерзкой обманкой...

Но вдруг реально Шольц спустился из второй башни? Надо бы проверить...

– Дверь не бросай, – подсказал Симург. – А то захлопнется! Заебемся снова звонок искать...

Я как можно шире ее распахнул, медленную дверь. Побежал прочь от крыльца, чтоб глянуть – не ищет ли меня Шольц возле соседнего «близнеца». И бегом назад, чтобы не дать двери защелкнуться...

Погубленный печеньем разум отказался от всякой логики: если я дозвонился Шольцу по домофону, то уж, наверное, он выйдет из этого же подъезда...

Я все открывал настежь дверь, потом мчался во двор – пару секунд высматривал Шольца и спешил на крыльцо...

Спустился Шольц, в шортах и тапочках. Он был чем-то похож на «рукколу»-Витю, только в лице его преобладали лукавые монголоидные черты.

Истерик и провокатор Симург почему-то застеснялся Шольца: – Ты это... Скажи ему, если упадешь в обморок, чтобы он скорую вызвал, – вяло посоветовал Симург. И куда-то подевался...

– Отпустило, что ли? – понял Шольц.

Наваждение кончилось – все разом, будто близорукий надел очки и увидел. Или было темно, и включили свет. Щелчком прекратилось. Я лишь почувствовал, что покрылся липким, густым, словно солидол, потом.

– Отпустило...

– Ну, пошли тогда чаю попьем, – предложил Шольц.

Из высотного окна Шольца открывалась замечательная панорама. Город напоминал добросовестный музейный макет – со спичечными домами, с трамвайными путями и электропроводами. Глядя на башню Александерплатц, я понял, что она вовсе не чупа-чупс, а пронзенный спицей мяч для гольфа.

В теплое закатное небо точно подбросили марганцовки, оно истекало химическим багрянцем. Где-то на дне, чуть повыше картонных деревьев кувыркались крошечные летучие мыши, похожие на крупицы.

– Это не Симург, – сказал Шольц. – И не внутреннее «Я». Это гашиш с тобой говорил. Просто ты ему не понравился, и он тебя пугал...

Я соглашался. В конце концов, Шольц имел полное право изображать из себя дона Хуана.

– Кстати... Я не стал бы называть это «трипом». Собственно, «трипа» у тебя и не было...

– А что же?

– Так... – Он улыбнулся. – Обычная «шуга»...

Спустя час я засобирался домой. Велосипед, который я оставил непристегнутым у подъезда, оказался на месте – чудесным образом его не тронули вездесущие турецкие тати.

Монотонное вращение педалей оживило поэтическую железу. Помню, в дороге родилось четверостишие, перепев раннего Высоцкого:

> Мой первый трип был мексиканский гриб,
> Второй мой трип – печение с гашишем.
> Ребята, напишите мне письмо!
> – Не бзди, братуха, завтра же напишем!..

Рафаэль

Выходец из Средней Азии, Рафаэль Назиров находится в плацкартном вагоне поезда №19 Москва–Харьков. Сам Рафаэль применительно к себе не пользуется словом «выходец». Ему запомнилось красивое название «уроженец»: в нем ветер водит смычком по проводам и шумят медленные пески – только не вспомогательный стройматериал, а бесконечное вещество необозримых пустынных пространств.

За вечерними окнами вагона – сизая октябрьская темень. По коридору движется сумрак, состоящий из топчущихся, нагруженных поклажей теней. «Шу-шу-шу» стелется по вагону. Рафаэль плохо понимает вот такой торопливый чужой язык. Люди, которым тяжело и тесно, не говорят, а сорят из лопнувшего пакета сыпучим продуктом: крупой или макаронами.

Воздух пахнет теплой ржавой водой, окалиной и смолой. Запах густой, вчерашний, словно стены поезда освежили специальной железнодорожной краской.

Последний год Рафаэль мало пользовался речью. То в одиночестве работал на объекте, то не было ни одного земляка. Раньше он думал на родном диалекте и чуть-чуть русскими словами, но с каких-то пор зрение потеснило ум. Рафаэль просто смотрит на человека, предмет и тем самым его думает. В остальных случаях в голове Рафаэля колышется рябь образов, лишенных словарного скелета.

Рафаэлю тридцать семь лет, он – плиточник. Избыточность и одинаковость труда превратила профессию в энтомологию: жук-штукатур, жук-маляр. Чем, кроме как безусловными инстинктами, объяснить механическую каждодневную физиологию ремесла, которое не приносит ни прибыли, ни удовольствия?

Вещей у Рафаэля – складной зонтик, мобильный телефон и барсетка из черного кожзаменителя, в ней паспорт, шариковая ручка, расческа, зубная щетка, скрученный в ракушку тюбик зубной пасты. Деньги он везет в кармане: семь тысяч рублей.

В Харькове Рафаэль пробудет до вечера в зале ожидания – выпьет три стакана чаю, поест булок с повидлом, а потом сядет на московский поезд.

Рафаэль затеял всю эту одиссею из-за миграционной карты. Старая потерялась, но даже если бы и нашлась вдруг, то все равно была бы просрочена. На последнем месте Рафаэль провел безвылазно четыре месяца. Никак не отлучиться, да еще сроки поджимали – будто над душой стоял строгий бородатый, похожий на джинна надзиратель Джемаль и сжимал в кулаках белые сроки, похожие на очищенные от фольги плавленые сырки...

Рафаэль предупрежден, что без миграционной карты пересечь границу будет непросто. Но откуда-то взялась бархатная уверенность, что все обойдется – такая ласковая ткань надежды прильнула к груди Рафаэля.

Поутру выбритый, опрятный, совершенно не смуглый, – Рафаэлю почему-то кажется, что он не смуглый, а русский (и как только они догадываются, что Рафаэль уроженец? Непостижимо. Не на лбу же у него написано...), он на разборчивом языке скажет приветливой девушке в форме пограничника: – Утречко доброе... Вот он мой, узбекистон республикаси, фукаро паспорти, – и протянет зеленый, точно сорванный с фикуса паспорт...

Фукаро паспорти – это шутка. Как в детской песенке из мультика: – Круг света восемьдесят дней – паспорти! Чтоб стать супругом блинь-ди-лим – паспорти! Нам мистер Икс решил вредить...

Лет тридцать назад, совсем еще маленьким, Рафаэль смотрел этот «Круг Света» в телевизоре. Черно-белый экран, словно заевший тетрис, ронял одну и ту же бесконечную полосу. События позабылись, но веселый мотив засел. А рядом с ним остался беспричинный клок ваты на столе, рыжие половинки абрикоса, и еще теплым шелковым сквозняком мазнуло по шее из открытого окна. Память виновата, Рафаэль быстро взрослел, она торопилась и без разбору валила в одну коробку – звуки, предметы, ощущения...

Рафаэль протянет «паспорти», девушка поищет в страничках миграционную карту, нахмурится, глянет на Рафаэля. А Рафаэль весь с иголочки – подстрижен, волосы на пробор зачесаны, брюки выглажены, свитер пепельный, с рисунком, похожим на штрихкод. А под горлом свежий белый воротничок рубашки. Туфли остроносые, черные, как два огромных зерна подсолнуха. Девушка-пограничник понимает, что Рафаэль хоть и уроженец без миграционной карты, но очень приличный человек. Она возвращает ему паспорт и говорит: – Больше так не делайте!..

Если она именно эти слова скажет, то Рафаэль их все до единого поймет. Когда-то русская воспитательница в детском саду его отчитывала. Медленными внятными словами: – Больше так не делай!

Но лучше всего, чтоб вообще разговор не состоялся. Девушка мельком просмотрит его паспорт и пойдет себе дальше, а про миграционную карту забудет, не спросит, потому что разве Рафаэль преступник, нарушитель или вор какой-нибудь?

Он улыбается будущей девушке и завтрашнему дню. Будет утомленный Харьков, вокзал с высоким, точно подброшенным в небо, потолком, и твердое сиденье в зале ожидания. День пролетит быстро – Рафаэль умеет обращаться со временем. Можно открыть газету и пойти гулять по буквам. Или же взять любую вещь и начать ее неторопливо думать, пока она из цветного существительного не превратится в серое небытие инфинитива. А вечером снова на поезд. Там Рафаэль разукрасит кудрявой кириллицей миграционный листок – драгоценный образчик хранится в барсетке, – вернется в Москву, чуть еще поработает, а затем поплывет на ежегодный нерест в азиатские пески к жене...

Рафаэль прячет ноги, потому что в купе вваливается клетчатый баул и его хозяйка. Большая женщина в шаркающей болоньевой одежде. По возрасту еще не «мать» Рафаэлю, а «старшая сестра». На строгом лице у нее мужские очки. Предусмотрительный Рафаэль сразу же начинает формировать личностные отношения, кидается придержать полку.

Толстуха ворочает бедрами, шуршит подмышками, с усталым отчаянием укладывает непокорный баул в рундук. Полка до конца не закрывается, пружинит.

Боковое сиденье занял немолодой «отец». У него пожухлые волосы, а розовая плешь похожа на детскую щеку. Рафаэль приветливо ему кивает. Он всегда рад людям в возрасте. Для таких у Рафаэля в запасе вторая шутка. Поезд тронется, закажут чай, и Рафаэль скажет: – Чай не пил – силы нет, чай попил – совсем устал! – и пассажиры улыбнутся ему, как улыбались дедушке Усману, когда тот с маленьким Рафаэлем ехал на поезде в Уфу. Еще дедушка пел: «Этот День Победы, порохом пропахнул...»

А у Рафаэля для взрослых была заученная первая строчка, которую можно долго повторять, будто песню. Тоже круглая, как в мультике про «паспорти»: «Солнечный круг, небо вокруг, это рисунок мальчишки...»

Нынешний Рафаэль за работой напевает гибрид двух разнополых песен: «Офицеры, офицеры, ваше сердце под прицелом, и дождей грибных серебряные нити!..»

Однажды заказчик прислушался и обсмеял, мол, Рафаэль все перепутал. А Рафаэлю было странно. Какая разница? Песня ведь нужна для грусти. И «офицеры-офицеры» давно не мужчины, а просто жалоба из звуков. Так часто происходит с русским словом – когда исчезает его смысл, то в порожней оболочке поселяется призрак.

К толстухе присаживается худенький юный сосед. Рафаэлю нравится, как безопасно он выглядит. Похож на обобщенную школьную принадлежность – циркуль и линейку. Он, наверное, студент. Достает мобильный телефон, тараторит быстро, точно сверчок: – Ну, как откатали? Три банки забили? Норма-а-льно...

К «отцу» присоединился боковой пассажир. Между курткой и головой у него длинное обнаженное горло. Он прячет в квадратную нору под сиденьем коричневую спортивную сумку. Потом садится и запрокидывает усталую голову. Снова показывает горло, как некоторые женщины из-под юбки выставляют колено.

Последним в купе появляется хозяин нижней полки, на которой расположился Рафаэль. Пришедший одет в черное. У него злые шнурованные ботинки. Из-под расстегнутой короткой куртки видны армейского цвета подтяжки.

– Скинхед!.. – громко, во весь всполошившийся ум, понимает Рафаэль. Стараясь не показать оторопь, на ватных ногах пересаживается на полку к толстухе и студенту. Так все хорошо начиналось: «сестра», «отец», молодой детка-«принадлежность», человек с горлом...

Что теперь будет с его шуткой про «чай не пил – силы нет...»? Если произнести вслух, «скинхед» сразу догадается, что Рафаэль не русский, а уроженец...

«Скинхед» ставит на полку свой рюкзак, вторым движением скидывает капюшон...

Странно. Рафаэль знает, что скинхеды не носят женских волос. Осмелев душой, он пытается разглядеть в жестоком на вид небритом человеке что-то приветливое. Тот замечает любопытство Рафаэля, смотрит в ответ. Рафаэль в испуге влетает глазами куда-то под потолок, оттуда по боковым полкам спускается на коврик и уже ползком подбирается к собственным туфлям. Сердце колотится, как будто Рафаэль убегал... Несколько минут, чтоб отдышаться, Рафаэль созерцает крапчатый пол и черные полированные носы своей обуви.

Поезд словно отталкивается ногой и медленно ползет вдоль перрона. В вагоне включают свет. Освещение сметает вечерний пейзаж за окном. Теперь в стекле отражаются сидящие люди. Все щурятся и заново изучают друг друга.

«Скинхед» давно уже забыл про Рафаэля. Он ласково говорит в телефон: – Ну, все, котик, я поехал. Целую тебя...

Потом лицо его тяжелеет, точно он притворялся. Придвинувшись вплотную к окну, наблюдает чернильные миражи города. Но не потому, что там грустно и красиво, а чтобы ото всех отвернуться.

Отважившись, Рафаэль пересаживается на полку к «скинхеду». Мостится у самого краешка. Ведь у покупателя верхнего места тоже есть недолгое право на сидячий уголок внизу.

В сумерках казалось «скинхед» молодой, а теперь видно, что он возрастная ровня Рафаэлю. В собранном на затылке хвосте редкие проблески седины. «Как у мамы», – вспоминает прошлое Рафаэль. Он протяжно, обстоятельно думает любимую мамину голову и сам не замечает, что тихонько напевает про офицеров и серебряные нити грибных дождей в материнских волосах «скинхеда».

Где-то в коридоре гремит бутылками тележка, женский голос перечисляет продукты: – Пиво, чипсы, бутерброды с колбасой, икрой... Никто не желает?..

Проводница давно обменяла билеты на белье. Боковой с открытым горлом стянул с багажной полки свернутый в рулет матрас. Толстуха тоже занялась постелью, вытеснила согнутым туловищем мальчика-«принадлежность». Вернулся объятый грубым запахом тамбура и табака «отец».

Старуха прогуливает по коридору годовалого малыша, сопровождает его за вздернутые руки. Ребенок распростерт и любопытен. Люди радуются ему, как забавному гостю. Рафаэль, приветствуя ребенка, щелкает языком, подмигивает, улыбается. Запоздало понимает, что смотрел на мысленную отраву. Ведь у него в песках имеется собственное любимое потомство. Рафаэль не видел, как его дети учились двигаться. Все происходило без него. Рафаэлю делается больно, словно он ушибся мягкой частью души. Из наклоненной головы быстро, как звезды, падают на дорожку незаметные слезы.

Рафаэль смущается, выпрямляет лицо и понимает, что никто не заметил его печали. Все заняты своим делом.

Толстуха улеглась и читает газету. «Отец» сообщает боковому соседу, что он коренной томич, едет из Красноярска. «Скинхед» смотрит в окно и дергает ртом – говорит сам с собой или молится...

Рафаэль часто видит верующих людей. Они во множестве водятся среди плиточников, каменщиков и штукатуров азиатских племен. Рафаэль, когда оказывается в такой бормочущей среде, делает вид, что сам такой же. У него есть четки, которые он шелушит пальцами, одну бусину, за другой. Но Рафаэль не верит в бога – он просто боится. В этом состоянии нет религии, одна нескончаемая молитва страха.

– Архитектура – это Красноярск, Норильск... – дирижирует голосом боковой «отец». – А вот Киев, знаете какой? – Он сдружился с босым горлом.

– Какой? – тот живо интересуется.

– Мо-ну-мен-таль-ный...

Скинхед вздрагивает нервным налитым лицом, с ненавистью оглядывается на боковых. От тех идет запах бедной домашней еды – пахнет вареной скорлупой и котлетой, которая отдала свое тепло бумажной обертке.

Толстуха отдыхает на боку, как безмятежное млекопитающее ледовитого моря. Прикрылась до половины живота простыней. «Принадлежность» купил у тележки бутылку пива и чипсы. Теперь он вдумчиво и важно таскает из пакетика картофельные лепестки.

В черных глубинах окна мерцают новостройки, точно пухом, облепленные бледным электрическим планктоном. Рафаэлю тоскливо. Никто не заказывает чай. Его акустически обманывает слово «встречают», которое громко произносит человек с горлом.

Спешит с гроздью подстаканников проводница, Рафаэль отваживается: – Тоже чаю! – понимает оплошность и сам пугается своего громкого акцента. Вот и «скинхед» нехорошо посмотрел – все понял...

Через пару минут перед Рафаэлем оказывается стакан. С ободка стакана свисает желтая, как лютик, этикетка «липтона». Рафаэль завороженно погоняет ложечкой сахар, дует, пробует с ложечки. Улучив момент, произносит: – Чай не пил – силы нет...

Но еще раньше поезд начинает лязгать, грохотать днищем – проезжает мост. Река похожа на пролитую нефть. По ней извиваются рябые лунные зигзаги.

Никто и не услышал, как Рафаэль сказал: – Чай не пил силы нет, чай попил, совсем устал...

В вагоне вполовину гаснет освещение – будто его разбавили темной половиной.

Рафаэль решает обратиться к «скинхеду».

– Стелить будете-шь? – робко спрашивает, путаясь между «ты» и «вы». Тот кивает, поднимается за матрасом.

Рафаэль идет по малой нужде. Пассажиры в большинстве угомонились, лежат в неудобных усталых позах. Словно ползли на животе и на полпути замерли.

Дверная ручка туалетной кабинки напоминает доброго робота с повернутым носом. На полу свежая лужа из воды и человеческой жидкости. Педаль отверзает в унитазе бездонный зрачок, в быстрой и холодной его черноте время соединилось с пространством.

Рафаэль полощет руки, но мыла не трогает. Общий кусочек совсем размокший, и выглядит точно поджимающий срок. Рафаэль смотрит в зеркало, трогает смуглую, ржаного цвета щеку.

«Скинхед» уже прилег – как был в штанах, со спущенными подтяжками. Наружу в коридор торчат его большие в черных носках ступни, похожие на головешки. «Принадлежность» забрался на свою верхнюю полку, согнул, будто изготовившийся кузнечик, в коленях стеблистые ноги, а кажется, что не согнул, а сломал.

Толстуха и «отец» храпят – каждый на свой лад. «Горло» держит перед собой телефон – его внимательное лицо выбелено искусственным светом, из ушей торчат тонкие провода.

Рафаэлю хочется как можно дольше уберечь брюки. Посреди вагона свободны два боковых места. Он подсаживается туда – сидячее положение лучше для одежды. Чай уже выпит, но Рафаэль добывает из титана теплого, еле живого кипятку. У пакетика с «липтоном» желтый лютик размок и отвалился, остался лишь нитяной шнурок, опадающий в стакан. Повторная заварка отдает воде цвет бледного янтаря. Рафаэль погружается в чай взглядом и вязнет, как муха, до полуночной Тулы.

По коридору тащат поклажу поздние пассажиры. Сидячий уголок приходится уступить, но Рафаэль уже рад, что брюки будут мяться на час меньше. Он возвращается в свое купе, взбирается на полку. «Скинхед» приподнимает бдительный совиный глаз. Узнает Рафаэля и снова отгораживается веками.

Рафаэль, словно с крыши, рассматривает чужого человека. По привычке начинает его думать. Рафаэля удивляет необъяснимое ощущение родства, будто внизу тоже находится уроженец и плиточник, бездомный приезжий человек, чей труд – выкладывание узоров из керамических пикселей испанского или итальянского производства.

Неожиданно Рафаэль понимает: «скинхед» заснул и больше нечем думать. Чужое забытье проникает в голову Рафаэля медленной бесповоротной тупостью.

Рафаэль просыпается еще два раза – в Орле и в Курске. Смотрит на белую скользкую плоскость багажной полки – как если бы в зеркале отразилась пустая гладкая поверхность его нынешнего ума...

За сорок минут до пограничного Белгорода проводница полошит людей:

– Двадцать минут санитарная зона!

За окнами утренний туман, слякоть и бедная одноэтажная местность. Рафаэлю кажется, что на санитарной земле должны валяться окровавленные бинты, как в фильме про войну.

Радио играет знакомую песню: «И-кота ненавидел весь дом!..»

Рафаэль сжимает маленькое, размером с носовой платок, полотенце, ждет очереди в туалет. Наконец-то выходит бесконечно долгая женщина с умытым и некрасивым лицом, впускает Рафаэля.

На щетинки зубной щетки из тюбика ползет мятная белая гусеница. Рафаэль тщательно делает рот душистым. Ополаскивает заспанное лицо. Брюки почти не измяты и воротничок рубашки по-прежнему свеж. Рафаэль обирает со свитера редкие катышки, ровняет расческой пробор.

Начинается белгородский вокзал. Поезд содрогается, тормозит. По вагону катится живая волна возбуждения. Первым бежит седой и равнодушный спаниель, за ним быстрые и молодые пограничники, следом в синей форме мужская чета таможенников.

– Рубли, гривны!.. – замыкает торопливое шествие вокзальный меняла. Он спешит, суетится, словно ему важно сообщить людям о своей работе, а не получить выгоду.

Рафаэль выглядит лучше всех в купе. Свежий, опрятный. Он уже сдал постельное белье проводнице. А соседи даже еще не проснулись толком. Толстуха только надела на лицо очки. «Горло» спустился вниз к «отцу», а тот успел покурить и пахнет тамбуром. «Принадлежность» открыл глаза – у него грустное выражение обманутого ребенка. «Скинхед» лежит на спине, закинув руки. Локти торчат в стороны, как бычьи рога.

Возникает юноша-пограничник. Он по-утреннему хмур. А Рафаэль так ждал улыбчивую девушку...

– Приготовьте документы для проверки...

Рафаэль не торопится. Пускай пограничник успокоится и почувствует рутину, проверяя знакомые паспорта. Но тот почему-то сразу выбирает Рафаэля.

– Документы!..

Рафаэлю волнительно, как на экзамене в школе.

– Доброе утречко. Вот он мой фукаро паспорти...

Пограничник не отвечает улыбкой Рафаэлю, лишь быстро листает бледно-салатовые странички. Внутри Рафаэля пляшет лихорадка – скорее бы. Ведь ему ничего такого не нужно – просто в Харьков. Туда и обратно. Круг света... Чтоб стать супругом блин-ди-линь...

– Миграционная карта и регистрация... – Произносит пограничник самые недружелюбные на свете слова.

Рот наполняется вязким, как хурма, страхом. В груди жар, словно вывернул на себя чашку с горячим. Рафаэль ползет дрожащими пальцами в барсетку за каллиграфическим образчиком. Ему кажется, это послушное движение успокоит пограничника...

– Что у вас там, показывайте....

Нам мистер Икс решил вредить...

– Просроченная, – строго говорит пограничник. – Другая есть? – спрашивает и понимает, что у Рафаэля больше нет никаких полезных бумаг.

Он подносит к губам хриплую рацию: – Второй вагон, восьмое место, гражданин без-без-без-без... – Рафаэль не поспевает за словами, но смысл понятен даже по амплитуде звуков – в них равнодушная механика закона....

-Решил вредить. Черный, в резиновой маске Бэтмена, бездушный мистер Икс, которому наплевать на пепельный свитер, на чистые туфли и пробор в волосах.

– Пройдемте с нами, гражданин... – пришел второй пограничник и куда-то приглашает Рафаэля.

Произошло самое скверное. Рафаэля ссаживают. Он беспокойно вертит головой, словно ищет защиты у соседей.

Толстуха молчаливо из-под очков осуждает, будто не Рафаэль держал ей полку. С бесчувственным любопытством свесился студент-«принадлежность» – мятый угол его простыни болтается, как белый смирительный рукав. «Отец» полушепотом сообщает «горлу», что вот, когда-то мы были одной страной, а теперь все развалили...

Рафаэль отчаянным взглядом цепляется за «скинхеда».

– Не задерживайте, – пограничник берет Рафаэля за пепельный мягкий локоть.

Уводят. В сознании Рафаэля точно распахивается ночной отхожий глаз, в котором проносится черная лента дороги.

Рафаэль прощально смотрит на «скинхеда» и уходящей последней мыслью понимает, что все было наоборот.

Еще несколько шагов по коридору, и Рафаэля не станет. Он навсегда исчезнет, потому что оборвется связь с тем, кто думал на самом деле.

Ведь это только мое присутствие делало его Рафаэлем.

Мы вышли покурить на 17 лет...

При росте метр девяносто два я весил шестьдесят шесть килограммов. Отлично помню это усеченное число Зверя – в тренажерном зале, куда я записался, всех новоприбывших взвешивали. Потом матерчатым портняжным метром, как в ателье, снимали мерку с тела, чтобы через полгода спортивный труженик имел возможность порадовать дух не только новыми объемами мышечных одежд, но и конкретными цифрами.

Заканчивался июнь. Месяц назад я вернулся домой, выбракованный из армии язвенник. Несколько ночей я заново обучался искусству мертвого сна, потому что госпиталь наградил меня хроническим, сводящим с ума, бодрствованием.

Отлежавшись, отлюбив подругу, я помчался в деканат восстанавливаться на мой же первый вечерний курс филфака, откуда меня за волосы вытащили в феврале, сразу после зимней сессии, и отправили в строй...

За три месяца службы я одичал в науках, мне из жалости поставили зачеты и допустили к экзаменам. Преподавателям были памятны мои зимние, до плеч, кудри. Сочувствуя стриженой летней голове несостоявшегося солдата, профессора особо не свирепствовали. Я перешел на следующий курс.

На излете июня я повел приятельскую ораву на пляж – отметить все сразу: и счастливое возвращение, и сессию. Там, на желтом песке харьковского водохранилища, где мы пили наш праздничный портвейн, я пережил позор.

Нас было сколько-то человек – студенты с факультетов точных и неточных премудростей. Мы праздновали наше второе взрослое лето, безопасные городские существа. Под гитару я горланил собственного сочинения песни: – Мы вышли покурить на семнадцать лет, когда возвратились, вместо дома – зима!..

А потом на голоса нагрянула местная водоплавающая молодежь. Непарные четыре твари – три бугая и распутная девица.

Она была вульгарна и хороша – нежное женское туловище портил лишь кривой и грубый шрам аппендицита, похожий на пришитый палец.

Мы растерялись, приумолкли. Девица ступней отшвырнула с пути мои раскинувшиеся долгие ноги: – Костыли убери! – потянулась и взяла с расстеленного пледа бутылку портвейна, затем пачку сигарет. Передала своему дружку.

Я восстал с песка всей белой университетской худобой. Тонкотелый, точно Сальвадор Дали. Девица сказала: – Ну, ты б хоть подкачался, фраерок. Турник там, гири. А то – как водоросль... – и произвела такое брезгливое движение, словно снимала, меня, прилипшего, с ноги.

И оскорбители ушли. А мы сделали вид, что ничего не произошло. Будто сами подарили им тот портвейн...

Дома я по-новому увидел себя в зеркале. С презрением рассматривал руки: каждая выглядела худой веревкой с морским узлом локтевого сустава. Как вкусивший яблока Адам, я вдруг устыдился нагих бледных ног, похожих на журавлиные ходули. Что-то произошло с моим зрением. Я больше не воспринимал себя вместилищем духа и мысли. Видел только впалое вымороченное тело.

Странное дело, слова девицы со шрамом я воспринял как приказ. Уже на следующий день я отправился искать тренажерный зал. На улицах прислушивался к полуподвалам. Любители тяжестей прятались под землю, из утопленных окошек гремело железо, будто внутри ковали доспехи.

В ближнем зале мне дали от ворот поворот, дескать, и так не протолкнуться. Но посоветовали Театр оперы и балета. В подвальных катакомбах тоже был тренажерный зал.

До сих пор помню холодную шкуру портняжного метра, что обвивался змием вокруг конечностей. Бицепс – двадцать девять, голень – двадцать восемь, бедро – сорок три.

Тощие параметры записали на бумажку. Сразу же состоялось первое испытание на прочность. Спросили фамилию для пропуска. Назвался – Елизаров.

– Динозавров? – громко переспросили. Пошутили.

Заправляли залом двое – Владимир и Виталий. Тренерами их было не назвать – они никого не тренировали. Просто следили за порядком и деньгами. Владимир – практик, увалень-тяжелоатлет. Виталий – теоретик, начитанная жердь в круглых очках. В подсобке он хранил литературу по выращиванию мускулов, но информацией делился неохотно, как шаолиньский старик – выбирал лишь достойных Знания...

Помню новый для меня запах – теплая, с потным душком резина, будто хозяйка разогрела на плите вчерашние кеды. Окон не было – на то и катакомбы, горел белый искусственный свет. Обильные зеркала множили людей. Мне показалось, что я иду сквозь толпу.

Коридорчики с низкими потолками переходили в обтекаемые полукруглые зальцы. Все снаряжение выглядело кустарным, самодельным: станки для приседаний, похожие на допотопные рентген-аппараты, турники и брусья, сваренные из арматуры; скамьи, подмягченные поролоном, аляповатые гантельные стойки. Из фабричных тренажеров имелись два-три грузоблока для спины и плеч с перекладиной на тросе. На стенах, где не было зеркал, висели журнальные страницы с культуристами, напоминающими человекообразную кожаную мебель.

Железа не хватало – ощущался людской избыток. Возле ложа, где творился жим лежа, всегда собиралась толпа. Слабосильному новичку, вроде меня, там и делать было нечего. Они разогревались шестьюдесятью килограммами: гриф и два диска по двадцать. А мой первый грудной вес был жалкие сорок кило – фактически, коромысло и два ведра.

Того хуже обстояло с маленькими штангами. За ними следовало занимать очередь. Да и это не помогало. Однажды я честно выстрадал кривенький гриф, а добычу без слов и просьб унес какой-то венозный качок.

Я было возмутился, всплеснул руками-веревками. Очкастый Виталий, проходивший мимо события, сделал мне замечание, что я тут без году неделя, а венозный тренируется четвертый год. И я замолк, смирился. Полюбившуюся мне чету гантелей я наловчился прятать в отдушину.

Тяжелоатлет Владимир по моей просьбе составил список упражнений, которые объединил коротким словом – База.

Жим лежа, приседания, жим стоя и в наклоне, подъем на бицепс, пресс.

Я занимался пять раз в неделю по два часа. Трудился отчаянно, депрессивно, словно рыл могилу. Изнурял мышцу за мышцей. Уже через месяц кости и хрящи смирились с частыми нагрузками, на ладонях вместо волдырей появились мозоли.

Я даже не заметил гибели Союза, он растворился, как сахар, в кипящем августе. Помню, кто-то в зале сказал девятнадцатого числа, в шутку робея перед надутым грозным пузырем ГКЧП: – Ну все, иду записываться в комсомол! Кто со мной?..

Пару дней ждали грома из Москвы, но до Харькова дополз лишь дырявый холостой посвист-фырканье пробитого надувного матраса: С-С-с-р...

Я потихоньку выбирался за границы прописанной «базы». Добавил к упражнениям французский жим, «пуловер», становую тягу. В борьбе за протеин сократил до минимума встречи с подругой, чтоб не выплескивать впустую на бабье пузо драгоценный строительный материал. Помню, о напрасных телесных расходах сокрушался новый знакомец Артем: – Опять не удержался, выпустил медузу... – Образно, как Игорь Северянин, описывал соитие, а ведь был обычным автослесарем.

До середины осени я тренировался беспризорником, во что горазд. В октябре

Владимир и Виталий будто заново меня увидели. На трех новичков каждую неделю убывало два-три ленивца. На таких не стоило тратить время и опыт.

К тому моменту я окреп и уплотнился. Из тела ушла плюшевая мягкость. И лежа, я работал с весом в шестьдесят кило.

Я зашел в подсобку к Виталию, чтобы рассчитаться за следующий месяц. Он принял деньги, а затем вытащил книгу. Джо Вейдер «Система строительства тела». Учебно-методическое пособие. Перевод с английского. Москва. Издательство «Физкультура и спорт», 1991 год. 112 страниц. Иллюстрации. Мягкий переплет. Энциклопедический формат...

Я еще не понимал, что вижу культуристский гримуар. Глянцево-багряная обложка с черным гипсовым бюстом самого Вейдера.

– Даю на три дня. Прочтешь, сделаешь выписки...

– Купить можно?

Они переглянулись, Владимир и Виталий.

– Нужно, хлопчик... До этого момента, считай, что ты не тренировался. Без системы далеко не уедешь. Потому ты и массы не набрал...

В моей жизни появились новые имена. Той осенью была античная литература. Софокл, Вергилий, Цицерон, Том Платц, Рич Гаспари, Ли Хейни.

Я вызубрил его от корки до корки, мой атлетический гримуар.

У местного коробейника заказал пару десятков упаковок порошковой смеси «Малютка» с толокном. Заваривал ее в кастрюле, остужал, цедил. В пластиковой баклажке приносил в зал эту толоконную бурду, питал себя в перерывах между подходами.

С Вейдером я стал на темную сторону силы, и дело пошло быстрее. К следующему лету я прибавил к числу Зверя полпуда каменных мышц. Вытолкнул в жиме лежа вожделенную сотню. С ней же и присел. В становой тяге оторвал сто двадцать кило. Бицепс увеличил до тридцати семи сантиметров, объем груди расширил до ста восьми...

К лету заново отросшие волосы собрались в куцый хвост. Тяжелый Владимир спросил с неудовольствием: – В семинарию собрался? – он не жаловал патлатых.

Начиная с июня, каждые выходные один или в компании я ездил на водохранилище. Все надеялся увидеть ту, со шрамом, чтоб показать, как я преобразился. Нет, разумеется, я оставался худ, но природа худоба была качественно другая – тугая, жесткая.

За год я не пропустил ни одной тренировки. Как иные с головой уходят в пьяный загул, так я ушел в железо. Забросил сочинительство стихов и песен – весь ум расходовался на тренажерный зал.

В то лето мы еще поехали нашей школьной компанией в Крым. Я обмирал от мысли, что мышцы не простят мне трехнедельного безделья, сбегут, точно постельная утварь от неопрятного чуковского грязнули: – Ты один не занимался!..

В курортном Судаке я часами болтался на турнике и брусьях.

Былые одноклассники сетовали, что из нежного поэта я превращаюсь в обычное здоровое тело. Да я и сам заметил, что мы больше не совпадаем интересами. Они обсуждали Толкиена, Муркока и Желязны, скупали на барахолке сорное фэнтези издательства «Северо-Запад», слушали «Аквариум», пели под гитару про «что такое осень». Я рассказывал, что в нашем зале тренируются близнецы, которых мы называем Эник и Беник. Чудаковатые – качают только грудь и руки на показуху телкам, а ноги и спину не качают – разве так можно?!. А вот еще история: однажды в зал спустился мускулистый карлик. Поставил на стойки двести двадцать килограммов – и сел с ними. А весу в этом Гимли – все ничего, как говорится, меньше лютика...

В торжество Нового девяносто третьего года мой школьный друг Вадюха пьяно хныкал у меня на каменном плече: – Ты божью искру променял на трицепсы...

– Какая на хер искра? – Я утешал. – Мы вышли покурить на семнадцать лет, когда возвратились вместо дома – зима? Ебеньщиков какой-то!

– Была, была искра... – вздыхал и хныкал.

За пятьдесят долларов я купил у местного коробейника пятилитровое ведерко «Мега-Масс» – импортную порошковую смесь, богатую белком, и коробку ампул «метилтестостерона». Колол себя сам.

К концу третьего курса из прежней жизни оставались только длинные волосы. Рука на них не поднималась. Я весил восемьдесят два килограмма. Бицепс, голень – сорок один сантиметр, бедро – шестьдесят четыре, грудная клетка – сто шестнадцать. Жим лежа на раз – сто тридцать кило. Приседание – сто сорок. Становая – сто шестьдесят.

Виталий, глядя на меня, слезился, как умиленный родитель: – Выполняешь нормативы на первый разряд. Володька, посмотри! Сделали-таки из дрыща человека! Еще бы клок этот пиздячий состриг, – имелся ввиду мой хвост, – был бы нормальный пацан. А то на неформала какого-то похож или пацифиста...

Кто-то из «братвы» за меня вступился: – Оставь гуманитария. Он на Жана Сагадеева похож, – кажется, это сказал Коля Добро. – На солиста группы «Э.С.Т». Ты ж на гитаре рубишь? – спрашивал меня, уточнял.

– Рублю...

– Металл?

– Ну!.. – кивал, кривил душой. Металла сроду не играл и даже собственное: «Мы вышли покурить...» забросил.

Коля Добро (такая настоящая фамилия – Добро), Гена Колесников, Юр Юрич – наверное, они и были той самой «братвой».

Из моего двухтысячного с десятилетним гаком далека я так их называю, потому что у меня нет другого слова. Новые ушкуйники, одновременно и купцы, и бандиты. И все же они не вписывались в те плоские клише, которые покажет с годами позже русский кинематограф. Не мясо, не бритые быки в красных пиджачных тряпках.

Из музыки предпочитали Nirvana и Red Hot Chili Peppers. Именно от «братвы» я узнал о «Черном Обелиске» и «Э.С.Т».

Коля Добро неизменно приносил сатанинской мощности «Шарп» и заводил что-то ураново-тяжелое. Коля кроме прочего был и мастером спорта по боксу – отсюда почти индейское прозвище Добро с Кулаками. Для него бережливый Виталий выволакивал из подсобки боксерский мешок из рыжей, цвета коровы, кожи, цеплял на крюк. А после прятал – не для всех мешок.

Под эстовскую «Катюшу» я растил бицепсы...

Начитанный Юр Юрич любил подманить разговором пытливого Виталия и полчаса втирать ему о Юкио Мисиме – японском писателе, самурае-культуристе, совершившем харакири. Когда взволнованный чужой трагедией Виталий тосковал: – Вот бы плакатик Юкио Мисимы нам в зал, – Юрич говорил правду до конца: – Плакат достанем, не проблема! Но знай, Виталий, Юкио Мисима был пидор! Так доставать плакатик?! – и улыбался, глядя, как вытаращенный Вита-

177

лий плюется и открещивается от Мисимы, словно от черта.

Юр Юрич был самый старший, с орденом Красной Звезды за «пражскую весну». Служил там в шестьдесят восьмом, и подавлял. Чехов не жалел. Вспоминал лишь двоих солдат из взвода, которых революционные чехи исподтишка положили выстрелами мелкашки.

А Гена вообще имел две боевые награды за Афган. Редкость для солдата-срочника. Интернациональный долг он перевыполнил: медаль «За отвагу» и орден Красного Знамени. Был в первый год ранен и, хоть мог отправиться прямиком домой, вернулся к месту службы – понравилось на войне. Огромный, похожий на носорога, он приезжал на тренировки в таком же по росту носорожьем бронетранспортере-джипе.

Непростая была «братва». На дух не переносили криминальный жаргон. Особенно когда кто-то из молодых вдруг начинал крепить свою детскую мысль разбойничьими фразами с чужого плеча. Над «блатарями» глумились нещадно: – Георгий Вицин ты! Вор в попоне! Что там у тебя «в натуре»? Урка колхозная! На черной скамье, на скамье подсудимых!..

Не любили «пацанские разговоры» про характер: – Сила, техника – все не главное, важно чтобы в мужике стержень был!..

– Карандаш кохинор в жопу засунь и будет тебе стержень!

Не жаловали «каратистов»: – О! Черепашка ниндзя! Кровавый спорт-2!

Ко мне же относились хорошо. Особенно Юр Юрич: – Вы тут тракторный завод имени Малышева, – обращался сразу ко всем. – А вот Мишаня – интеллигентный юноша из хорошей семьи. Он Лимонова читал...

Был в них и подвох. Они, к примеру, и не подумали выручить меня с Асланом, хотя я сам тогда подставился, никто за язык не тянул. Но помогли, спасли родные стены, точнее, наш низкий чудо-потолок.

Этот Аслан, горный выходец, пришел в зал к «братве». Рослый, жилистый и дерганый, как на резинках. С блестящими синими щеками.

Аслан вертляво пристроился к Коле Добро и пару раз умело шлепнул лодыжкой по мешку. Вдруг увидел меня. И его озарило, будто следователь направил ему в лицо лампу: – Ти пахож на Стивена Сигала! – бурно по-кавказски обрадовался, словно сам Сигал попал к нему в гости. – Давай спаринг. Не ссы! Давай!..

Я глянул, в поисках поддержки, на «братву». Они насмешливо промолчали. Я мог отказаться, но почему-то кивнул: – Можно...

– Здесь места маловато, побьетесь, – сказал Гена. – Идите в соседний зал.

Потолок там был совсем низкий и вдобавок скошенный.

Боя по сути не было. Аслан надвигался, размахивая ногами, как руками. Я еле успевал пятиться, ставя вычурные гротескные блоки, точно танцующая гречанка.

Аслан подпрыгнул, взметнулся вверх, чтобы пробить вертушку. И вдруг на полпути издал звук, похожий на подброшенный арбуз. Аслан треснулся теменем в косой потолок и будто расплескался на полу всем телом. Секунд десять он полежал в мертвом нокауте, потом шевельнулся. Шатаясь, поднялся. Он так и не понял, что произошло.

– Па галаве ударился... Сильно... – пролепетал он и, прикрыв ушибленное темя ладонью, как тюбетейкой, пошел из зала, заплетаясь ртом, словами, ногами. – С...зади...

– Да он не Аслан, – сказал вслед Юр Юрич, – а горный Козлан!..

И «братва» разразилась конюшенным хохотом. Радовались за меня.

— Мишаня просто Евпатий Коловрат!

— Уебал потолком муфтия!..

— А потому что из интеллигентной семьи! И Лимонова читал!..

Но сблизил меня с «братвой» другой случай.

В те дни не было ни Юр Юрича, ни Гены — уехали по делам разбойничать. Тренировался только Коля Добро. Зашел громоздкий, тертого вида мужик в «дутом», по моде того времени, спортивном костюме: — Коль! — сообщил он громко, чтобы перекрыть трахейный клекот «Шарпа», — там цыгане на рынке отпиздили чертей этих полтавских, «рафик» отобрали и барахла на...

Он озвучил сумму. Тогда были не гривны еще, а купоны. Не те, самые первые, напоминающие игрушечные мани из «Монополии», а добротные купоны английской печати. Я не помню сколько, но сумма была внушительная.

— Вначале будулай ихний к чертихе яйца подкатил, они его шуганули, а потом подтянулись другие будулаи и оптом всех чертей отпиздили. Они ко мне: «Ой, шо делать, шо делать, хачи напали!», даже не поняли, кто

181

пиздил! Стрелку забили на завтра, в Песочине... Ты пацанам скажи.

Он был излишне говорлив. Эта охота к рассыпчатому матерному разговору выдавала в нем прислугу: – Ты чё, Коль? Оно лысо будет, не цивильно, если один приедешь. Возьми пару братанов для форса...

– Да некого брать, – Коля огляделся, как в пустыне.

– Лохматого возьми. Он с виду крепенький, на этого... на Стивена Сигала похож...

– Да, ну... – отмахнулся Коля. И сам себе удивился: – Или, поедешь, Мишань?..

И я сказал: – Конечно, поеду...

И нужно запустить еще одного персонажа. Он – ключевая деталь кульминации этой истории. Ближний родственник нашего Виталия, приехал пару месяцев назад из Луганска. Плотно сбитый двадцатипятилетний живчик, бывший срочник погран, имевший опыт местечкового рэкетирства. Рванул в большой город «искать тему». На его языке это означало – прилепиться к бизнесу или криминалу.

Луганский просил, чтобы в зале его называли, как дома на районе, – Кастет. Такое натужно-героическое прозвище из дешевого боевика.

Мне он так белозубо представился:

– Кастет!

Я будто бы наивно спросил: – А по имени? – и «братва» долго смеялась – оценили шутку.

Его звали Славик. Мы так к нему обращались. «Братва» нехорошо окрестила за глаза «Дружелюбным». Действительно, от его мужского простодушия делалось неловко, как от песни Газманова «Офицеры».

К примеру, Славик заводил про сауну и двух девчонок-малолеток пацанские рулады с лихим припевом: – Ох, и драл же я их!..

«Братва» своеобразно поддерживала разговор: – А я вот тоже вчера хорошо время провел, – реагировал Гена. – Носки стирал. Успокаивает очень... А тебе нравится носки стирать?..

Я, как филолог, видел расставленный капкан. Гена жаждал, чтобы Славик ляпнул бы что-то вроде: «Кто на что учился», – или «Стирать носки – занятие не мужское...»

Но Славик чувствовал опасность спинным мозгом, хихикал и отходил в сторону. И «братве» приходилось его терпеть. А может, не хотели обижать Виталия – все-таки он за Славика хлопотал...

В тот вечер Славик тоже тренировался. И сразу назвался груздем – с вами поеду!

Базарный пришелец поманил меня на вечернюю улицу. Открыл-закрыл багажник своей восьмерки, украдкой сунул тяжелый и короткий сверток, затем в придачу: – А вот тебе боекомплект...

То были патроны к охотничьему ружью – с латунными гильзами. Четыре штуки. Я чуть ли не бегом вернулся в зал. Уединился в душевой и развернул тряпичный сверток. Там лежал усеченный калека двуствольного ружья ИЖ. Рукоять была прихвачена синей изолентой. Черные обрубки стволов пахли кислым порохом.

Еще было четыре года до фильма «Брат». Обрез еще не романтизировали. Но я тотчас прочувствовал его убийственную харизму и поник.

А беспечный Славик увивался вокруг Коли, обхаживал, как деревенский ухажер с гармошкой. Что-то говорил, кружил, смеялся. Он будто и не боялся совсем. Значит, это не опасно – стрелка, белка. Но зачем тогда выдали обрез?..

Во что я ввязался... Не поздно ли еще отказаться? Наверное, можно! Отдать Коле обрез и просто навсегда уйти из зала.. Но как он посмотрит на меня? Да, пожалуйста! Пусть смотрит! Кто мне эти люди? Если я уйду, то все равно их больше не увижу... А вдруг увижу?..

С этим паническим «постойпаровозом» в мыслях я не шел, летел домой. А там перед воркующим телевизором сидели отец и мать и даже не подозревали, какая «менязасосалаопаснаятрясина».

Ночью не спалось. Я на ладони перекатывал страшные патроны, изучал рыжие пятна окиси на гильзах. Вспоминал кривого Пашку. У нас когда-то тренировался. Поехал в Москву работать вышибалой в ночной клуб. Там загулявший посетитель по пьяни пальнул в лицо из револьвера дробовым патроном: – Я ведь еще в больнице этим глазом видел, – убивался Пашка, когда зашел к нам в зал – показать увечье. – Он вытекал, а я им видел!..

Все деньги, что заработал ночным клубным сторожем, Пашка оставил в институте Федорова. Но не помогло, глаз не сохранили. Вытекший, он без стеклянного протеза ссохся в кожаную щель с мутным проблеском белка. Так там даже не дробь была, в револьвере, а стружка...

Все утро, весь день я терзался. Как Ленский, представлял себя пронзенным. Майский вечерний Харьков словно нарочно освежили какой-то кладбищенской серебрянкой...

В зале были Юр Юрич, Гена и Коля Добро. Неторопливо тренировались, будто ничего не намечалось...

Я спросил: – Ну что, едем?!

– Не, – сказал Гена. – Отбой. Без вас разобрались.

На сердце радостные забренчали гитары. Развеселые цыгане сами съехали с базара. И «чертям» вернули «рафик»... Я чуть не захлебнулся от переизбытка счастливого воздуха в легких. Обошлось!

Рядом суетился Славик, пытался попасться сразу всем на глаза: – Жаль, жаль! Я прям настроился уже!

Что-то начал про своих луганских цыган рассказывать – как они приматывают ножи скотчем к руке, чтоб не выпали в драке...

– У меня тут это, – я полез в сумку. – Раз никуда не едем...

Юр Юрич с любопытством оглядел обрез: – Сицилийская лупара ижевского производства. Достойный агрегат... Утопить надо от греха!

– Зачем? – Я опешил. – И где?

– В Темзе, конечно...

Хохотнул за спиной льстивый Славик: – Смешно! В Темзе!..

Юр Юрич журил: – Мишаня!.. Нормальный же парень, из интеллигентной семьи...

– И Лимонова читал, – подытожил Гена, повернулся к Коле. – Братуха, а тебя вообще на день оставить нельзя...

– Да все путем, пацаны сами просились, – спокойно сказал Коля. – Давайте сюда...

Он забрал обрез и унес в раздевалку. На том и кончилось.

Патроны я на радостях забыл отдать. Они потом еще долго валялись дома – патроны...

Мне грезилось, что после того ижевского обреза я сделался для «братвы» своим. Бог знает, кем себя вообразил. Великовозрастным сыном полка, бандитским Ваней Солнцевым. Обманывался...

Выпить приглашала «братва». А если за столом появлялись новые люди, всегда рассказывали случай про Аслана. Как я его сразил потолком. Я смущенно раскланивался, точно со сцены, – мол, все так и было – и потолком, и кулаком – сам в это верил...

Пострелять свозили за город. За короткую мою бытность в армии я-то оружия толком не увидел. А у Юр Юрича имелся целый арсенал. Я вдоволь пострелял из ТТ, нагана и макарова, из карабина Симонова, и даже из ПШШ – и такой раритет имелся, с барабанным магазином...

Две последние августовские недели я провел в Судаке. Ходил желанный и манкий по побережью. В Новом Свете ко мне подкрался какой-то заботливый родитель с фотоаппаратом: – Постойте в кадре с моей дочкой, пусть дома похвастается подругам, что за ней такой Тарзан ухаживал...

Я обнимал юную дурнушку за рыжее плечо. Сидел с ней в кафе. Выносил на руках из волн.

Вовремя насторожила одна отдыхающая дама: – Напрасно вы это делали. Тот с аппаратом ей вовсе не отец. Вот найдут её мертвую в камнях, а на пленке – вы!..

Напугала... И ведь действительно, пропала на следующий день странная семья. Я в Судаке решился и второй раз за юность остриг длинные волосы. Будто переоделся во вражеский мундир. Утешался, что длинные волосы больше не соответствуют моему мироощущению. И во-вторых, вдруг рыжая отыщется в камнях...

Вернулся в Харьков, примчался в зал. И заревновал. Пока меня не было, «братва» приблизила Славика. Мне так показалось. Уж слишком самодовольно он расписывал, как вчерашним вечером на дороге беспонтовый «Жигуль» сшиб старика: – А старый дятел уже на асфальте сориентировался и перекатился под мою «Мазду», – но не тут-то было, Славик просто перенес проныру за шкирку на газон, и был таков...

«Братва» благосклонно слушала. А мне как-то и не обрадовались, словно не узнали.

Славик отпустил шпильку в мой адрес: – Я смотрю, ты причесон наконец-то нормальный сделал. Хоть в «Беркут» записывайся. Там у них нормативы галимые: пятнадцать подтягиваний на турнике, брусья – пятьдесят...

Юр Юрич почему-то поддержал шутку: – Да, Мишаня, он такой беркут, всех заклюет...

А тут еще мимо шел, ни сном ни духом, Виталий. Не понял сути и взялся отговаривать меня от хохляцкого омона, мол, лучше сразу поезжай во французский иностранный легион. И не понимал отчего все веселятся: – Я б сам туда рванул, да возраст не тот!..

Я, конечно, взбеленился и поэтому, когда Славик подставился словом: – Зря отказываешься, верная тема! – рискованно сказал: – У тебя, Славик, по жизни одна тема: образ Татьяны из «Евгения Онегина»...

Настала очередь Славика обижаться: – А ну, повтори! Ответь за Татьяну! – Принял стойку, изобразил все боксерские ужимки: корпус туда-суда, голова вправо-влево.

– Я ведь с тобой не драться буду Славик, я тебя просто гантелей ебну!..

Такая лоховская клоунада. «Братва» смеялась. Но до кровопролития не дошло. Помирились.

Тогда впервые ужаснула мысль – зачем коротил волосы? Пытался уподобиться «братве»? Они же – изначально другая каста, иная раса. Разве я этого не понимал?..

В прежнем виде я был неуязвим, а в самодельном костюме «пацана» меня подкалывал даже луганский Славик.

И Коля Добро скучным голосом добавил: – Жаль, был на Сагадеева похож...

На выходные «братва» позвала на шашлыки. У них было свое укромное место в лесопарке. Наверное, следует пояснить. «Лесопарк» – это как и «лесостепь», помесь, только в данном случае – природы с городом. У лесопарка не было четких границ, мы приехали туда, где дремучести было больше, чем парка.

Там в открытом кафе «Троянда» прелой сентябрьской порой состоялось представление. И Славик стал истинным гвоздем программы. Помню, каким же он вырядился франтом – кокетливая футболка без короткого рукава, невиданные джинсы, украшенные цепочками, остроносые кремовые туфли...

Кафе частично стояло на костях деревьев. Столы из пней, лавки из поверженных стволов – резервация для случайных посетителей. Была цивилизованная полянка с пластиковой мебелью. И была площадка-вип, на дощатой террасе, под тентом. Там расположилась «братва». Потом подъехали еще гости – гротескного вида бандиты, человек-снеговик – круглый и лысый, и человек-кабан – мясистый, желтоклыкий.

Юр Юрич передал улыбчивому азербайджанцу мясо и прочую снедь. Кормили вкусно – повар лез вон из шкуры. Я, хмурый, сидел да помалкивал. Коля Добро, чтоб расшевелить застолье, рассказал гостям про Аслана и потолок, я скорчил постное лицо, не стал сверкать и раскланиваться...

Больше выступал Славик – хмелел, блажил. И судьба выбрала его.

Я не заметил, что в «резервации» появились странные посетители. Когда я их увидел, то уже не сводил с них глаз. Двое.

Для бабьего лета они вырядились излишне тепло и мрачно – черные долгополые одежды в железных побрякушках. У парня были длинные, до лопаток волосы. Его спутница отличалась бледностью и угольным выразительным ртом.

Похожих на них – но лишь похожих! – я видел годами позже. Но в далеком девяносто третьем году на харьковщине не водились «готы».

– О, неформалы! – развеселился Славик. – Неферы! – Он несильно пнул меня локтем, голосом привлек всеобщее внимание: – Сродственники твои бывшие! – пантомимой изобразил длину моих утраченных волос. – Такие же лохматые! – пояснил гостям. – Мишаня просто был таким же! Недавно стал выглядеть как пацан!..

Я промолчал.

Странную пару теперь рассматривал весь наш вип.

– Кто такие? – спросил у стола человек-кабан.

Гена чуть сощурил глаз, будто целился: – Рокеры...

— Металлисты, — уверенно и тепло сказал Коля Добро.

— Непонятные какие-то, — усомнился Юр Юрич. — Те в кожаном с заклепками ходят. А эти, как монахи...

— Не, не рокеры, — возразил лысый снеговик, уминая мясо. — Это сатанисты. Я про них недавно кино смотрел.

— Эй! — замахал Славик неопознанным. — Идите сюда!..

Повернулся к «братве»: — Ща разберемся, ху из ху! — И снова обратился к «резервации». — Але, бля! Кому говорят?!

Они обернулись на крик. Славик манил: — Подошли сюда! — и одновременно подмигивал «братве» — сулил потеху.

Вертелось на языке: «Оставь людей в покое», — но я снова промолчал. В конце концов те двое в черном должны были сами понимать, что подходить не следует. У них была возможность убежать — никто не бросился бы в погоню. Но они послушно встали со своих пеньков и небыстро двинулись к нам. Поднялись по ступеням на террасу, остановились.

Я хорошо рассмотрел их. Парень оказался взрослым — лет тридцати на вид. Издали он выглядел моложе. Вороные волосы были

193

прямыми, длинными, без единого завитка. Редкая щетина на щеках и подбородке оттеняла бледность узкого костистого лица. Через лоб пролегла глубокая морщина, похожая на след ножа. Сам он был высок и худ, но при этом казался широкоплечим. Хотя, возможно, плечи формировал приталенный покрой его плаща или, скорее, кафтана, украшенного черными металлическими застежками – по типу красноармейской шинели с «разговорами». Галифе или шаровары уходили в сапоги офицерского образца.

Покойнику желают – покойся с миром. Тот парень выглядел так, будто до конца принял в себя это пожелание для мертвых. Его лицо не выражало ни волнения, ни страха, ни любопытства. Оно было неподвижно, безжизненно, как фотография на могильном памятнике.

Девушка была иссиня, по-цыгански черноволоса. Она словно бы не замечала нас, подобно слепой прислушивалась к тому, что должно произойти. На ней был такой же бархатный кафтан, только побрякушек больше, какие-то птички, змейки. Я не видел раньше такого мрачного макияжа – выбеленное лицо, черные тени, черный рот.

Славик выскочил как на сцену. Произнес, куражась: – Вы кто ж такие ебанутые-смешные?

Они молчали, эти странные двое. Я пытался встретиться с парнем глазами, но у него точно не было взгляда.

Он коснулся своей подруги и чуть повернулся – решил уйти. Поздно...

– Э-э-э! – Славик разъехался, как упавшая гармонь. – Куда, лохматый?! Я еще никого не отпускал! – резко схватил за плечо.

Все, что случилось дальше, произошло за считаные секунды, но я замедлю их, прокручу покадрово.

Парень чуть взмахнул руками, распахивая кафтан. Я увидел пояс, широкий, кожаный. На нем связку гвоздей – невиданно длинных, треугольного сечения, наподобие «костылей», которыми крепят рельсы.

Он сорвал с пояса гвоздь, вскинул его, как кинжал. Из натянувшихся манжет выскочили жилистые запястья. Рука была похожа на шеистого аиста с железным клювом.

Быстрым птичьим движением он воткнул гвоздь Славику в грудь, затем последовал хлесткий, кузнечный удар правой ладони и деревянный треск. Странно было видеть этот заколоченный в живого человека гвоздь с длинным обрывком черной нити возле шляпки. Парень проводил железо рукой, толкнул, и Славик обрушился на спину. На белой футболке выступила кровь.

Я смотрел на поверженного Славика. Он беспомощно разводил руками. Когда-то я уже видел на трамвайном круге у Южного вокзала мужика, угодившего под слетевший на повороте вагон. Наружу торчала верхняя половина туловища. И вот такая же вопиющая беспомощность рук...

Я перехватил взгляд темного. Точнее, наоборот, он сам нашел меня. Колебание век – подмигнул, словно узнал. Короткое движение скул напоминало улыбку. Странно было видеть проблеск эмоции на его лице.

– Ха-а-а-а-р! Х-а-а-а-р! – Не то хрипел, не то каркал на досках Славик. Осторожно трогал то одним, то другим пальцем гвоздь.

Как это он сказал мне: «Сродственники твои»... Да, мои! Я выпрямился. С какой-то дикой индейской гордостью оглянулся на «братву».

– Не, он не Кастет, – сказал до того молчавший Гена. – Он Исус.

– Шашлык, – поправил человек-кабан.

Сложно поверить – они смеялись. «Братва».

196

Удивительная пара переступила Славика, как лужу, сошла по ступеням. Их никто не задерживал. Зачем? Они были равны – «братва» и темные. Хищники, воины из разных кланов, которым нечего в данный момент делить.

А Славик выжил, и оклемался на удивление быстро. Со слов Виталия, за месяц. В зале он, правда, больше не появлялся, хотя вспоминали его долго – Шашлык...

Я благодарен тому событию. Оно снова вернуло меня в зазеркалье, из которого я так опрометчиво сбежал. Четвертый и пятый курсы я прилежно растил волосы, зная, что больше никогда не отрекусь от породы иррациональных созданий, исповедующих чудной облик.

Я нашел моих заброшенных школьных друзей. К счастью, они были на том же месте – на пляжах Муркока, где молочного цвета море, скалы из розового мрамора, а вместо песка толченая в прах кость. За несколько лет моего отсутствия в их жизни они разве что успели обзавестись женами и первыми компьютерами. Я снова пел им под гитару: – Мы вышли покурить...

Мой вид фактически не менялся последние семнадцать лет. С того самого сентября, как мне была явлена воинственная «родня», спецназ зазеркалья, я ношу только черное. В память о встрече. Но не кафтан – я не заслужил такого. (Мне же не придет в голову напялить краповый берет или боевую награду.) Меньше всего мне бы хотелось походить на ряженого самурая из «Великолепной семерки», крестьянина с украденной родословной, доспехами с чужого плеча. Впрочем, тому хватило сердца умереть достойно. Я пока что не уверен в моем сердце...

Единственное, лет пять еще я таскал на поясе кованые гвозди – подражание тем, которые увидел тогда в харьковском лесопарке.

Дом

Два чувства дивно близки нам,
В них обретает сердце пищу:
Любовь к родному пепелищу,
Любовь к отеческим гробам.

А. Пушкин

У Назарова обнесли харьковскую квартиру. «Китайцы» мало того, что за последний
месяц не рассчитались, так еще и прихва-
тили с собой полный электробытовой комплект: видеодвойку, микроволновку, холодильник, стиральную машину...

Вся техника была старенькая, из девяностых. Удивительно, но позарились даже на до-
потопную кофемолку советских времен и ви-
ниловый проигрыватель. И необъяснимое
по нынешним временам громоздкое, ник-

199

чемное воровство: сперли диван – двухспальную раскладушку, мебельное ископаемое.

Друг Вадюха, приставленный надзирать за квартирой и собирать арендную плату, позвонил Назарову в Москву, где тот проживал без малого пятнадцать лет.

– Назарыч! – так он обращался к Назарову с первого курса политеха, когда только познакомились. И «братушкой» называл, но слово появилось относительно недавно, Вадюха в какой-то компании подхватил этого ласкового «братушку» и Назарова на него подсадил. Назаров теперь тоже Вадюху называл «братушкой» – смешно и умильно. Хотя дружили они долго, двадцать три года, действительно – братья, по-другому не скажешь...

– Назарыч, «китайцы» за апрель не заплатили и съебнули, пидарасы, вместе с домашним кинотеатром!..

– С чем?.. Не понял!..

– Ну, «Соньку» спиздили! Телек!...

Вадюха шутил, тем самым как бы давая Назарову понять, что произошла всего лишь досадная неприятность, переживать нечего.

Как было: Вадюха звонил «китайцу» по поводу оплаты, тот вначале юлил, потом два дня не брал трубку и, наконец, вовсе оказался «вне зоны действия сети». Вадюха заподозрил неладное, примчался, а там двери настежь...

– Моим говорил? – спросил Назаров. Имелись в виду родители.

– На хера? Чтобы нервничали? – разумно возразил Вадюха. – Короче, двери настежь, заходи – кто хочет. Я к соседке, Наташке. Не видела, не слышала. Попросил ее посторожить, сам поехал за новым замком. Купил, поменял. Ключи тебе отдам... Ментам не звонил. «Китайцы» по-любому скажут, что не брали, а двери кто-то другой взломал. Но главное, Назарыч, квартира в порядке, краны там, электричество. А всю хуйню, телевизор-холодильник можно по газете найти за копейки... Приедешь, братушка?

Назаров ответил: – Приеду, – и заметался по кухне, бормоча: – Некстати, как все некстати...

Можно подумать, существовала подобная ситуация, когда обворованная даже по мелочи квартира – это уместно и своевременно.

Судиться с «китайцами» смысла не было. Сам виноват, договора не составлял, чтоб налогов не платить. Описи имущества, соответственно, тоже не имелось.

«Китайцы» были не китайцы. Просто кодовое название, предложенное Вадюхой. Учредителем у них вроде числился настоящий китаец, а снимали и рассчитывались свои же хохлы родимые: Весниченко и Панченко...

А до «китайцев» жили «педофилы», а еще раньше «шибздик» – ну, так Вадюхина фантазия работала, раздавал клички.

Платили «китайцы» неплохо – пятьсот долларов в месяц. И так полгода, а потом цены на коммунальные платежи резко подняли и Назаров честно предупредил, что с мая будет по шестьсот. «Китайцы», конечно, были недовольны, бухтели, что дескать, договаривались до осени и Назаров их подводит... В итоге без предупреждения свалили.

Назаров вполне допускал, что «китайцы» и не крали вещи, а сделал это случайный подъездный бродяга – заглянул в брошенную дверь и подсуетился...

Квартира в Харькове у Назарова была хорошая – двушка в тихом центре. Первый высокий этаж. Не какая-нибудь «собственность», а настоящий «отчий дом». Не то чтобы прям там и родился, но детство со второго класса прошло – школа, институт...

Сдавать квартиру Назаров начал четыре года назад, вначале обычным жильцам, потом «под офис» – первый этаж в этом случае был достоинством.

А ведь сдуру чуть не продал, но Вадюха отговорил: – Назарыч! Хочешь зарезать курицу, которая несет золотые яйца! – образно сказал и весьма убедительно.

Назаров тогда со второй женой – московской – в очередной раз поссорился. Съемное жилье было дорогим, он серьезно подумывал хоть что-то себе в столице купить.

– Назарыч, вот что ты за харьковскую недвижимость толкового возьмешь? Если повезет, комнатку в коммуналке или однушку в Подмосковье. Не вариант для тебя!..

Вадюха сдавать посоветовал. Назаров с женой помирился, вернулся к ней, а денежки исправно в бюджет капали. Очень вовремя, потому что доходов от дробилок уже не хватало...

***

Отдельная история про дробилки с экскурсом в трагикомичное назаровское прошлое.

203

На излете пятого курса он женился. Вроде бы по любви. Жена, Оля, была из Белгорода и Назарова переманила к себе.

У него как раз первые деньги появились. По завещанию от материных стариков досталась квартира, Назаров ее продал и почти всем капиталом вложился в белгородскую новостройку. К счастью, еще машину взять успел – подержанный «опелек-астра». Где-то древняя фотка валяется: сумерки, красноглазый, точно Дракула, Назаров и серый «опель», похожий на поджавшего уши кролика...

Они с Вадюхой первый бизнес затеяли в девяносто четвертом, сразу после окончания политеха. Возили из Белгорода в Харьков электроды, выключатели, моторы – все, что помещается в багажник и на заднее сиденье. Мелкая контрабанда. Граница в то время совсем дырявая была.

Еще фотка вспомнилась. Забавная: Назаров с Вадюхой до гола разделись, на причиндалы для смеха носки натянули, а в руках эякулирующие бутылки с шампанским.

Это когда пять насосов гидравлических из Орла привезли в Харьков, починили и продали. Первое крупное дело. Заработали неплохо, Вадюха себе «девятку» купил – до сих пор машинка бегает, Вадюху и его семейство подкармливает.

Затерлась, сгинула веселая фотка. На ней они такие юные, радостные. Может, у Вадюхи в альбоме сохранилась...

А потом счастливая жизнь Назарова в одночасье кончилась и начался мексиканский сериал. Женился он в девяносто четвертом, через год Степка родился – сынок. Или не сынок. Одним словом, родился в семье у Назарова мальчик.

С Олей своей Назаров нормально жил, не душа в душу, но хорошо, почти не ссорились. Она в назаровском вкусе была – смазливая блонда с ухватистым наливным задом.

Назаров присматривал в Питере пятидесятитонный пресс для воронежских заказчиков. Неделями в Белгороде отсутствовал.

Возвращается однажды Назаров домой. А у подъезда его зачем-то караулит тесть. Подполковник милиции в отставке, гаишник, с таким только водки выпить и про футбол поговорить.

Назаров вылазит из машины, а тесть – в дутом спортивном костюме, на ногах туфли «саламандры», тот еще модник – подскакивает со скамейки, Назарова за плечи останавливает и бормочет: – Тихо, тихо, главное – тихо...

А Назаров и не думал кричать. В груди все сварилось вкрутую – так перепугался.

– Что-то со Степкой? Да? Или с Олей? – Лепечет и руки тестя сбрасывает, на ватных ногах старается к подъезду...

А тесть свое: – Тихо, тихо, ты главное не нервничай, нервничать не надо... Будь мужиком!..

– Да пустите меня! – Назарова уже трясет. Голос прорезался: – Что случилось?! Степа?!

– Ничего, тихо, тихо...

И тут на третьем этаже распахивается окно, высовывается дорогая жена Оля: – Папа, папа! Не пускай его, он с Андреем подерется! – А Назарова как будто и не видит.

Тесть свое: – Тихо, тихо! – руки цепко, наглухо Назарова держат.

– Оля! – спрашивает снизу Назаров. – Что происходит?!

Соседи, понятно, высунулись, за всем этим спектаклем наблюдают. Мелькнул в окне и спрятался за штору тещин индюшачий ебальник...

А Оля, сука, снова исключительно к отцу обращается: – Папа, не пускай его!..

Назаров к подъезду рвется, а тесть отбрасывает: – Будь мужиком!..

– Это мой дом! – свирепеет Назаров. – Там моя жена и сын!

– Тихо, тихо, потом разберемся, что чье... Тихо...

Оказалось, был у его Оли все их женатое время какой-то Андрей. Фамилия вообще всех денег стоила – Мутный! Пока Назаров отсутствовал, этот Мутный Андрей уговорил Олю и жить к Назарову перебрался...

Не известно даже, чей сын Степка. Назарова или Мутного. Экспертиз генетических не делали, отцовство осталось невыясненным.

Сколько часов провел Назаров над фотографиями. Раньше и сомнений не возникало, младенец Степка – вылитый Назаров. А потом уже так не казалось. Лет через десять нашел Ольгину страничку в «Одноклассниках», невидимкой смотрел на Степу. Особого сходства с собой не обнаружил. Но и на Мутного не похож. Одно лицо с Олей. В мамашу свою хлопец пошел. Можно было бы сейчас выяснить: сын не сын, но перегорело все...

А тогда была у Назарова настоящая трагедия: из дома выгнали, сына отняли. Тесть, падла, зудел: «Смирись, оставь квартиру Оле с дитятей».

С какого перепуганного хуя? Там больше половины Назаровских денег вложено было. Дедушки-бабушкино наследство!

Тесть предупредил: – Работать не дам! Отступись!

Послал его подальше и судился. Треть высудил. Оля в отместку со Степкой видеться не давала, и тесть после заседаний всякий раз сопел: – Не мужик! Не дам тебе тут дела свои поганые крутить!

Реально по всем фронтам подосрал: налоговая, менты, таможня. Работать через Белгород больше не получалось. И квартиру общую продавать не стали, просто оценили – очень занижено, и выплатили Назарову его долю – подавись!

Ебаные гниды! Сколько лет прошло, но стоило Назарову вспомнить Олю и ее семейку, кулаки сжимались и нога непроизвольно вперед вылетала, словно он хотел со всего маху залепить смачный пендель своему белгородскому прошлому. И настроение сразу портилось...

В девяносто седьмом Назаров вернулся в Харьков к родителям. С язвой желудка на нервной почве. Имелась еще машина «опель-астра» и три тысячи долларов.

Отец выручил, снова на ноги поставил. В отличие от купи-продай Назарова, он был настоящий технарь. Электронщик, кандидат наук. На заводе «Харпластмасс» в конструкторском бюро у отца товарищ работал. За символические деньги приобрели у него чертежи дробилки для измельчения пластиковых отходов.

Назаров с горя совсем плохо соображал: ну, дробилка и дробилка. Отец же проявил коммерческую смекалку, взял чертежи, апатичного Назарова и поехал в Москву, где жил другой его товарищ, институтский, который в данный жизненный период на «Серпе и Молоте» арендовал часть цеха, и было там у него оборудование для изготовления полиэтиленовой пленки – из тех самых отходов.

– И что? – непроходимо тупил Назаров.

– Как что? – удивился отец. – Готовое производство в одном цеху!

Сделать дробилку стоило семьсот долларов. Прикинули и решили заказать две. На это ушло пару месяцев – там же на «Серпе». Пока суть да дело, Назаров вспомнил про знакомых в Орле, в Воронеже, договорился насчет сбыта.

Дробилки за вычетом аренды стали приносить Назарову ежемесячно стабильные деньги. В девяносто восьмом – что-то около тысячи долларов в месяц. А когда разогнались, вообще две с половиной, три тысячи. Даже по столичным меркам нормально.

Назаров в Москве квартиру снимал, пока не нашел себе постоянную москвичку Ларису – чуть старше Назарова, но тоже в его вкусе, – к ней и переехал. В разговорах называл «женой», но жили нерасписанные. Ссорились, мирились. Назаров то сбегал от нее, то возвращался, детей не завели...

А Вадюха остался в Харькове, и пришлось ему трудновато, потому что совместный белгородский бизнес с Назаровым закончился. Вадюха в одиночку еще пытался – торговал выключателями, моторами, пока лавочку окончательно не прикрыли. Таможня стала крепкая и жадная.

Вадюха по мелочи что-то возил. Схемы для гидравлического оборудования взялся чертить – он хорошо это делал, с института, а за чертежи платили. На «девятке» своей таксовал по вечерам. Участок земельный купил – картошку и что там еще бывает – лук, морковь выращивал. В смысле доходов, понятно, что последние десять лет не зарабатывал, а перебивался. Официальной работы не было, трудовую кому-то сунул, чтоб стаж шел. Женился, двоих дочек Светка ему родила – обычная человеческая жизнь.

Назаров поначалу терзался, что друга слил, но дробилки были одноместным Боливаром, на котором для Вадюхи места не было. Так Назаров себя успокаивал.

Надо признать, отдалился он от Вадюхи: Москва, новые приятели, свои и Ларисы. Отдыхал в Египте, в Турции, в Испании, на Кипре. Сменил «опель» на сотку «ауди».

Вадюха сам обычно звонил или писал, а Назаров не то чтобы сторонился, но как-то выронил отношения, и лет пять-семь их тащил один Вадюха, который никакого охлаждения и не замечал, волок дружбу за двоих по старой ломовой привычке.

Назаров приезжал в Харьков раз в полгода. Разумеется, встречались, выпивали. Назаров угощал и про себя отмечал, как он, современный столичный житель, человечески перерос провинциала Вадюху. И это понятно, Назаров – городская интеллигенция в четвертом поколении, а у Вадюхи бабушку Марфой звали...

А потом кризис! И эпопея с вторсырьем начала заканчиваться. Производство сделалось, что говорится, нерентабельным. Из Китая оптом везли рулоны за копейки.

Перестроились на пакеты, но было ясно – и тут задавят. Одну дробилку Назаров остановил, оказалась не нужна. И напрасно рыскал по провинции, клиентуры новой не нашел.

Денег получалось вдвое меньше. Затем серп-и-молотовское начальство погнало из арендуемого цеха, работа замерла до выяснения ситуации месяца на три. Пока стояли, растеряли последних покупателей. Поссорился с Ларисой в очередной раз.

Назаров «ауди» продал и в Харьков приехал. Как одиннадцать лет назад вернулся к тому, с чего начинал, – лишь повзрослел, чтоб не сказать – постарел.

И снова выручил отец, с матерью посовещался, и решили оставить Назарову квартиру, а самим перебраться в Полтаву к бабушке – отцовской маме, она их давно звала...

Назаров в Харькове вначале скучал, а через две недели – как не уезжал. Вадюха заходил каждый день. И будто не было Москвы – снова лучшие друзья. Только для Вадюхи так всегда было, это же у Назарова происходила реставрация отношений. К чести его будь сказано, он очень стыдился своего прежнего высокомерия, совесть мучила...

Назаров успокоился, поймал провинциальный неспешный ритм. Вскоре отыскалась свежего вида первая институтская любовь Вика, нынче шесть лет как разведенная. И завязывалась уже с ласковой Викой какая-то романтичная история, и обговорили уже с Вадюхой покупку станка для производства сетки рабица, даже ангар подыскивать начали...

Но тут вышел из комы цех в Москве, уладил компаньон проблемы с арендой, заработали дробилки. Назаров по совету Вадюхи квартиру сдал и помчался обратно в Москву. С Ларисой помирился. В Харьков он теперь ездил раз в квартал. А Вадюха сам вызвался за жильцами присматривать, деньги собирал.

***

В нынешней жизни Назарова тянулась очередная черная полоса. Второй месяц он жил отдельно, снимал у приятелей однушку в Свиблово. Дробилка без своей пары работала – однопочечный больной бизнес. И вот еще и «китайцы» кинули...

213

Назаров забросил дела, отправился на Курский за билетом. На метро, потому что машины уже четыре года не было. После «ауди» ничего не брал – хлопотно, накладно, и пробки эти московские...

В плацкарте оставались боковухи. Взял нижнюю. За каким-то хером позвонил Ларисе. Вроде бы предупредить: мол, нужно в Харьков.

Сказала: – Срочно приезжай, важный разговор...

Приехал.

– Вот что, мой дорогой, – заявила с порога. – У меня тут не склад! Поэтому, будь добр... – сорвалась на визг: – Избавь!.. – прям тявкнула. – Избавь меня от своего барахла!

Лариса перевалила за «ягодку опять» и все больше напоминала состарившуюся лисью шубу. Облезлые, сварливые меха.

Назаров насчитал в коридоре два рюкзака и пять баулов. Раньше Лариса оставляла вещевые заначки, чтобы у Назарова был повод вернуться. А тут, похоже, все подчистую собрала.

– Слушай, – начал Назаров. – У меня неприятности...

– А меня это не волнует... Ой, нет!.. – наигранно спохватилась. – Не так сказала! На

214

оборот! Еще как волнует! О! Я хочу, чтобы у тебя было все больше и больше – проблем, неприятностей! Чтобы ты в них захлебнулся! Я вообще от всей души желаю тебе всяческих несчастий, бед!..

– Ты охренела? – Изумился. – Что ты несешь?

Наизусть знакомое личико Ларисы озлилось плаксивыми морщинами: – Двенадцать лет псу под хвост! Сволочь!..

– А что ж ты тогда жила со мной?! Столько-то времени? Со сволочью?!

– Дура была! Как же я понимаю твою Ольгу! – Захотела обидеть. – Умнейшая баба! Быстро все про тебя поняла и с нормальным мужиком ребенка заделала!..

Попятилась: – Только пальцем тронь! Я милицию вызову!.. Ай!..

Получив пощечину, зарыдала: – Ты, тварь! Ебешься там у себя!.. Да?! Ебешься?!

Назаров подхватил рюкзак: – Сегодня часть возьму. Вернусь из Харькова – остальное!

– Не-е-ет! Сейчас! Или будешь манатки свои, – мстительно пнула ближний баул, – с помойки забирать! – Выскочила за ним на лестничную клетку. – Я не шучу! С помойки!..

Дома Назаров сложил походную сумку, дождался вечера и снова поехал на вокзал.

Ночью почти не спал: ногам тесно – лежал скрюченный, точно Электроник в чемодане, храпели соседи, думы одолевали...

Вадюха с утра позвонил в поезд, Назаров как раз проехал таможню – с испорченным настроением. Никаких паспортных проблем, просто былое некстати вспомнилось. Белгород.

Проехали пограничное село Долбино, и хмурый Назаров подумал, что, если бы он был поэтом, обязательно снял бы в Долбино на осень домик, а потом объединил написанные там стихи в цикл «Долбинская осень». Только Назаров стихов не сочинял, а вот Вадюха запросто мог:

Папе больно –
Опять геморрой,
Я обозван циничным дебилом...
С колокольни
Весенней порой
Я его обзову крокодилом...

Назаров усмехнулся строчкам, и тут, словно поймав его флюиды, позвонил Вадюха уточнить номер вагона – он всегда встречал Назарова.

**

Назаров увидел на перроне долговязого, белобрысого, похожего на немца Вадюху и в груди защемило. Тот пришел в знакомой до боли кожаной курточке. Назаров вспомнил – ей, наверное, лет двадцать было – рыжей, из лоскутков. Вадюха в ней еще в институт бегал...

Обнял Назарова: – Привет, братушка!..

Назаров почувствовал под ладонями торчащие Вадюхины лопатки и отметил, что друг похудел с последней встречи. Вообще одни кости. Под уставшими глазами синюшные обрюзглости, морщины на лбу. Зато не видно седых волос, потому что блондин. А Назаров основательно за минувший год поседел...

Вадюха попытался взять у Назарова сумку.

– Сам донесу! – воспротивился. – Ничего ж не весит.

Они спустились в подземный переход, вышли на привокзальную площадь. Для конца апреля было прохладно. С неба чуть накрапывало – реденькие стылые брызги.

217

– Узнаешь? – Вадюха, шутливо красуясь, поиграл рыжими бортами куртки. – Светка неделю назад вещи перебирала на выброс и нашла. Я померил – как раз. Вполне можно носить.

– Шик, – улыбнулся Назаров. – Турецкий винтаж образца девяносто второго года.

– Турецкий что? – переспросил, оглядываясь, Вадюха.

– Винтаж, ретромода... Да хуй с ним, – Назаров приобнял Вадюху. – Лучше скажи, чего ты похудел так. Совсем ничего не жрешь?

– Да жру я, – успокоил Вадюха. Спохватился: – Поедем ко мне завтракать? Или сначала на квартиру?

– Давай на квартиру, потом в городе перекусим...

– Как скажешь, Назарыч...

Прошли мимо сквера с фонтанами. На другой стороне дороги Назаров увидел Вадюхину синюю «девятку».

Бросил на заднее сиденье сумку, сам сел впереди. С зеркала заднего вида пропал многолетний висельник – скелетик, вместо него болтался освежитель-елка, а на панели появился образок с Николаем Чудотворцем.

Поехали в центр, на Пушкинский въезд.

Назаров всякий раз заново привыкал к Харькову. После Москвы ему все здесь казалось маленьким, кукольным, будто попал из взрослого мира на детскую площадку. И между собой и Вадюхой ощущал легкое, почти невесомое отчуждение – тончайшая пленочка. Впрочем, знал, к завтрашнему дню от нее и следа не останется...

Вадюха, наверное, тоже Назаровский холодок чувствовал и давал Назарову время для адаптации – не шумел, не балагурил, как обычно.

– Глушак поменял, ступицы, – пересказывал машинные новости Вадюха.

– У меня там совсем пиздец, да? – поинтересовался Назаров. – Хаос?

– Да нормально все...

– Жрешь плохо, – вспомнил первое ощущение от встречи Назаров. – Не заболел?

– Выздоровел уже...

– А что было-то?

– Пневмоторакс...

– Пневмо-чё?

– Торакс. Я же писал тебе. Ну, легкое у меня схлопнулось. Заново надували...

– А я не понял, – Назарову стало неловко. – Думал, ты про насос какой-то. Пневматика... Точно выздоровел?..

И заговорил о Москве, Ларисе, дробил-
ках – уже много лет одинаковыми, ворчли-
выми словами.

***

В квартире действительно ничего фаталь-
ного не произошло. С первого взгляда бро-
салось в глаза только отсутствие дивана.

Назаров бродил по комнатам и перечислял потери.

– Вот бляди, а? Вадюх! Ну, я понимаю,
плазма была бы! Но телек старый зачем пиз-
дить?! Объясни мне?!

– А холодильник зачем? – спокойно удив-
лялся Вадюха. – Уроды потому что!

– И вертушки я что-то не вижу... Хуясе! Как
паркет исцарапали!.. – придирался Назаров.

– Это еще «педофилы» малолеток приво-
дили на оттакенных коблах. – Вадюха показал пальцами размер. – Ганцы устраивали.
Наташка, соседка, жаловалась, что шумели.
Я же говорил тебе...

– А где антресоли? – Назаров замер посреди коридора. Между кухней и санузлом под
потолком раньше находились антресоли.
А теперь зияла незанятая прямоугольная
пустота.

– Сгорели, епт... – Вадюха явно не ожидал вопроса. – Три года назад, еще «шибздик» жил. Соседи сверху залили, произошло короткое замыкание. Рассказывал же тебе. Я специально потом проводку убрал, новую развязку сделал...

Назаров вспомнил, действительно был когда-то мини-пожар. «Шибздик», по счастью, находился дома, успел предотвратить большую беду и вызвал пожарных...

Не обратил Назаров внимания на Вадюхины слова, потому что в квартиру редко заглядывал – и мельком. В порядке все – и ладно. После сгоревшей проводки Вадюха произвел косметический ремонт в коридоре, а едва «шибздик» съехал, сразу заселил «педофилов» – понятно, что не настоящих извращенцев – просто мужики частенько водили в «офис» совсем уж юных девчонок – со слов Вадюхи...

Антресоли, хоть и запирались на ключ, ничего ценного не содержали. Игрушки Назарова. Постельные: медведь, львенок, кошка-подушка. Это когда он совсем маленьким был, спал с ними в обнимку. Хранились два огромных пакета с солдатиками. Назаров в детстве очень любил сражения устраивать – масштабные, чтоб на ковре было сразу до тысячи общего войска. Смертью работал маленький механический паровозик. Назаров запускал его в дерущуюся толпу, и тот валил солдатиков без разбора, пока не кончался завод... Настольные игры лежали: футбол и морской бой. Противогаз, альбом с марками, пистолеты – дорогие сердцу пустяки, которые Назаров еще в детстве завещал будущему сыну. И все превратилось в огромную «дымовуху». И даже дыма не осталось.

– Ну, а чего ты их там оставил, братушка? Мне бы в гараж отдал.

– Да как-то не подумал... Забыл, – честно сказал Назаров.

Он изумленно оглядывался. Вообще все поменялось... Будто не к себе пришел.

В течение стремительных четырех лет из квартиры один за другим скоропостижно уходили предметы, создававшие для Назарова ощущение «дома». Давным-давно они прибыли сюда новобранцами, прижились, вросли в квартиру, стали неотъемлемой частью ее ландшафта. Бывало, кто-то дряхлел, умирал, на смену выбывшему приходил новый предмет – но во всем этом была медленная геологическая постепенность.

А потом родители увезли в Полтаву прабабушкину горку и трюмо. Отцовским друзьям подарили на дачи кровати, старую немодную стенку, платяной шкаф, пианино «Украина». Подевался куда-то обеденный стол — его место занял приземистый и коротконогий, как такса, журнальный столик. Завелась дерматиновая сидячая мебель, два компьютерных уголка из ДСП.

До последнего декорировали квартиру «под дом» книги, коврики, обои, шторы. Но пришел срок, и мир бесповоротно разделился на античный и нынешний. На руины и новостройки. В Риме были Колизей и Пантеон. У Назарова — два книжных шкафа, почти нетронутая кухня. А так в квартире протекала чужая подержанная жизнь...

Назаров поймал себя на том, что сидит, точно пригорюнившийся заяц, — закрыв мордочку лапами. Вадюха заваривал чай. На удивление, воры пощадили электрочайник «Филлипс», весь в известковой накипи.

Чайник этот у Назаровых был с начала девяностых. Как раз закрылось КБ на «Хартроне» и отец перешел в кооператив по ремонту телевизоров. Тогда люди еще вещи чинили, а не выбрасывали. Отец нормально зарабатывал, они и стиралку купили, и видеодвойку «Сони»...

Не просто бытовая техника пропала, а родня неодушевленная.

Диван югославский, с раскладными мягкими внутренностями. Назаров спал на нем с третьего класса. Как ни пафосно звучит, женщину на том диване познал. И не одну. И где он теперь, верный диван, гражданин канувшего детства?..

— Наза-а-рыч, — ласково укорял Вадюха. — Ну, разве можно привязываться к старью?

Он понимал печаль Назарова, но не хотел, чтобы тот грустил.

— Вот пускай все твои проблемы вместе с диваном к этим гандонам уйдут!

Назаров кивал — да, пусть уйдут...

Проигрыватель «Вега»... Сколько на нем переслушано: «Квин», «Скорпионс», «Металлика», «Кино», «Аквариум». Пока кассеты винил не заменили. Кстати, и кассетничек, по ходу, прибрали — он уже и пленки не крутил, работал, старенький, радиоприемником...

— Надо было все в одну комнату сложить и запереть ее, — сокрушался по-новой.

— Денег меньше было бы. Ты же пять сотен за двушку получал!

Назаров горько подумал, что лучше бы он получал меньше денег...

– Назарыч, это некрофилия, ей богу! Ветхость всякую любить! Убиваться по старой вертушке! Новую купи и будь счастлив!

– Да при чем тут некрофилия?! – обиделся Назаров. – Я ж не с трупами ебусь! Просто надеялся, что есть у меня место, где ничего не меняется! Где какое-то, – он задумался, – родное постоянство!..

Позвонил в Полтаву. Говорил с родителями бодро, без ноток уныния.

– Привет, пап... Нормально добрался... В порядке... «Китайцы» съехали... Ну, как почему?..

Вадюха, сложив ладони рупором, подсказывал: – Потому что пидарасы!..

Назаров улыбался, поясняя источник шума: – Это Вадим... Конечно, здесь, где ж ему быть?..

– Кланяйся! – суфлировал Вадюха.

– Привет вам передает... Пап, я цену на сотню поднял... Что значит, зря?.. Я не могу заниматься благотворительностью... Разберусь, не в первый раз... Давай маму на два слова... Да, мам, привет... Отлично все! Ну, съехали, да... Новых заселю... В порядке квартира, Вадюха ж следит... Дай еще бабушке трубку... Привет, бабуля! Как себя чувствуешь? Чувствуешь как?! Хорошо?! Ну, вот, приехал я...

***

Спустя час вышли во двор, свернули за гаражи. С обновленной стены в арке исчезла надпись «ВЕК-ВАК», сделанная четверть века назад городским безумцем Митасовым...

— Все прошлое спиздили, — с ненавистью бормотал Назаров.

В банке он обменял рубли на гривны и повел Вадюху в пиццерию. Пока ждали заказ, позвонил Вике, договорился на вечер.

Снова заворчал: — Блять, вот что за жизнь?! Даже бабу не на что положить теперь!

— Не вопрос, братушка, выдам тебе двуспальный матрас надувной!.. — Вадюха специально повысил голос, чтобы их за соседним столиком услышали молодые девицы. Симпатичные, крепенькие кобылки. Когда-то они таких на раз раскручивали...

— А если Вика не приедет... — кинул подводку Назаров.

— То охуенную надувную Вику!..

Молодцевато рассмеялись. Кобылки, кажется, все расслышали, и отреагировали как надо, обернулись с усмешками.

Заказали триста грамм коньяку. Назаров выпил и повеселел. Вадюха на ходу сложил куплет на донимавший из динамиков попсовый мотив:

Обдрочу и одурачу,
Поцелую и заплачу...
Ла-ла-ла!..

Еще напевая, обратился к кобылкам: – Однажды вечером, вечером, вечером... Хотя мой триппер оставался недолеченным!.. Девчонки, какие планы?! Друг из Москау приехал. Успешный бизнесмен... – указал на Назарова, тот одарил чарующим взором – мол, вай нот, дамы, и успешный, и из Москау...

Кобылки гыгыкнули, залопотали между собой по-украински. От знакомства отказались и телефонов не дали.

– Да ну на хуй их, – Вадюха хмельно и благостно улыбнулся Назарову. – Чертихи западенские...

«Быстро его развезло, – отметил Назаров. – Это потому, что похудел... И курит много...»

Официант принес счет.

– А что, Назарыч, мы еще с тобой ничего! – хорохорился Вадюха.

– Мы ого-го, блять! – поддержал Назаров.

Вышли через стеклянную с зеркальными бликами дверь. Назаров разглядел у идущего впереди Вадюхи легкую плешь на макушке. Подумал: «Лысеет Вадюха», – и одновременно отразился сам – с пеликаньим подбородком, с двойной морщиной на лбу...

«Господи! – он ужаснулся. – Сорокалетние ебланы!..»

Настроение испортилось.

«Девятку» бросили в назаровском дворе – все равно завтра встречаться. Поехали на Алексеевку, к Вадюхе.

В троллейбусе их, наверняка случайно, толкнул юноша-гот: длинноволосый, бледнолицый, одетый в черные долгополые одежды. Вадюха для начала обратился к нему: – Жгучий брюнет! Извиниться не хочешь? – Затем пожестче: – Але! Девушка с татуировкой дракона!..

Гот молчал, презрительно отворачивался. Не отреагировал на: – Слышь, ты, София Ротару! С тобой говорят, онана!.. Вместе дружная страна!..

– Оставь его, – просил Назаров.

– Да заебал толкаться, цистит крашеный!.. Эй, цистит! Пизда свистит?!.

Чтоб предотвратить мордобой, Назаров вывел недовольного Вадюху на улице 23 Августа. Под предлогом, что еще в «Биллу» надо. Назаров накупил там гостинцев для Вадюхиных женщин – Светке и дочкам. Торт, конфеты. Ну, и еды понаряднее: икры красной, колбасы, сыра...

**

У Вадюхи дома все было по-прежнему. Как пять, как десять лет назад – бедная стабильность. Котенок появился – младшая дочь Настя месяц назад притащила.

– Рыжиком назвали, – недовольно сказал Вадюха. – Только он Срыжик, а не Рыжик. Срет и рыгает... – поймал котенка и поднял за беспомощную шкирку: – Видишь, какой глазастый? Прям Кот в Сапогах в 3D... Смотрел? Ладно, Рыжик, пиздуй... – Он опустил котенка на пол, и тот умчался прочь смешными сайгачьими подскоками.

Поговорили, обсудили планы на завтра. Стоило попытаться найти «китайцев» и стрясти долг.

– Не парься, Назарыч, вычислим, Харьков – большая деревня...

Вадюха, размякший от коньяка, сидел разложив грубые ладони с полупрозрачными янтарными мозолями. В пальцах коптила выхлопной гарью сигарета.

– Знаешь, что китайцы здесь делают? Настоящие, я имею в виду... Промышленным шпионажем занимаются. Для вида всяким говном торгуют – карандаши от тараканов, а сами по заводам, по заводам – что-где спиздить: схемы, чертежи... Выведают, скупят и в Китай свой съебывают... О, сигары кончились...

– Ты б это... – сделал осторожно замечание Назаров, – может, не стоит, после пневмоторакса? Легкие и так не в порядке, а ты дымишь...

– Не ссы, – беспечно успокаивал Вадюха. – Ничего мне не сделается. Проживу сто лет...

Назаров отправился в душ и прилег вздремнуть – в поезде ночи не было.

Пришла из школы Вадюхина младшая – такая же светленькая и тощая, как Вадюха. Назаров засобирался, Вадюха не отпускал, уговаривал «борща поточить». Смешное, из прошлого студенческого лексикона, слово – «поточить»...

Ну, поточили борща. Назаров захватил обещанный двухместный матрас, к нему увесистый, похожий на огнетушитель, насос и комплект чистого белья.

Поймал машину и вернулся в центр, на Пушкинскую.

***

В подвальном магазинчике набрал гору замороженной еды, вспомнил, что холодильника-то нет, и оставил только консервы с тунцом, яйца, нарезку сервелата, спагетти и банку с болоньезе. Купил мартини и минеральной воды. Подумал, что Вика наверняка бережет ладную свою худобу и шоколада не ест, но взял на всякий случай плитку французского черного, сыру подороже, груш дюшес, винограду. И пару йогуртов – Вика на ночь останется, чтоб было чем позавтракать.

Пришел домой и загрустил. Вика заканчивала работу в шесть. Еще собиралась заскочить к себе – переодеться и потом к Назарову. Договорились на восемь. В запасе было полтора часа.

Проверил книжные шкафы. Подписки выглядели нетронутыми: Пушкин, Лермонтов, Толстой, Достоевский, Чехов, Бунин. В двенадцатитомной челюсти Мопассана не хватало одного зуба, а в «Библиотеке современной фантастики» пропали Саймак, Буль, Гаррисон и Стругацкие...

Внизу, под книжными рядами, хранились пластинки. Слева – сказки, которые мама покупала маленькому Назарову. Справа – диски, которые Назаров приобретал подростком – рок-музыка. Из левой детской половины вытащил былую виниловую любимицу – «Алису в стране чудес». Двойной конверт был затерт, уголки смяты – шутка ли, малолетним Назаров прослушал «Алису» раз двести, наизусть выучил...

В груди хрустнула болезненная спичка. «А ведь мне уже сорок, – жалостливо подумал Назаров. – Полжизни позади».

«Я страшно скучаю, я просто без сил, – вспомнил и негромко затянул строчку из песенки Алисы, – и мысли приходят, меня беспокоя, чтоб кто-то куда-то меня пригласил, и я там увидела что-то такое...»

Одна за другой сломались мучительные спички. Из горячего неуправляемого глаза на скулу выкатилась слеза.

– Ни хуя себе! – вслух удивился эмоции Назаров и сунул пластинку на место.

Позвонила Вика: – Солнышко, я уже захожу в метро, буду через полчаса...

– Ок, жду, где обычно, – произнес Назаров взволнованным комковатым голосом.

Их заново Вадюха свел – четыре года назад. Именно в тот смутный период Назаров, подгоняемый кризисом, вернулся на родину.

Почти не лукавя, Назаров сказал: – Ты не изменилась, – пригласил вечером на ужин, за столом с первых минут выяснил, что мужа-то давно нет. Был июнь, они пошли в парк Шевченко, облюбовали в глуши скамейку. И на этой ночной скамейке Вика жарко укоряла Назарова, прильнув охающим задыхающимся ртом к его уху: – Котеночек!. Ну, разве так можно, без, ох... презерватива!..

Он ощутил, как внизу загудела настойчивой басовой струною похоть. Интересно, есть у Вики кто-то постоянный? Ведь не ждет же она Назарова, появляющегося раз в три месяца...

Убрал руку с напрягшейся ширинки, очнулся – надо бы еще ложе надувное подготовить... Матрас с виду был хорошим, синего цвета, покрытый мягким бархатистым пушком. Назаров туго накачал его, переодел в чистое подушки и одеяло. Ополоснул пару стаканов для мартини.

Помыл виноград и груши, разложил на тарелке...

***

Она появилась. Красивая, быстрая. Назарову было приятно, что окрестная публика у метро обратила на мелированную Вику внимание. А заодно и Назарова — ведь к кому попало не спешат яркие женщины в коротких юбках, в туфельках на немыслимой шпильке. Расправил плечи, выпрямился — чтобы не проиграть ростом рядом с высокой Викой.

В Назаровском детстве производились такие значки, когда одна картинка переливалась в другую. Колеблющиеся радость-неуверенность увидел Назаров. Сомневалась, понравилась ли?

Он двинулся к Вике навстречу, дважды бережно поцеловал в накрашенные губы.

— Соскучился, — сказал Назаров. — Очень.

Вика засияла: — Котеночек! — На секунду прижалась. — И я соскучилась... Ужасно... — Пожаловалась: — Мне кажется, я похожа на проститутку. Все так смотрят... В метро приставали. Милый, я не совсем поняла, что там, в квартире, украли?..

Назаров с готовностью начал выкладывать квартирные печали. Увлекся... Вдруг со смехом опомнился: – Я какой-то обворованный Шпак! Три магнитофона, три кинокамеры заграничных... Извини!..

– Солнышко, представляешь, вот ты сейчас что-то рассказывал, а я ни слова не поняла. Просто до сумасшествия рада тебя видеть... Слушаю тебя, твой голос, а смысла не понимаю...

Назаров видел ее опьяневшие лучистые зрачки, понимал, что она говорит правду. Снова загудела, напряглась басовая струна.

– А поужинать не хочешь?

– Как скажешь. С тобой – куда угодно...

***

После ресторана пошли к Назарову.

Предупредил, открывая дверь: – Только не пугайся, тут бардак. Заходи...

– Котичек, я щас описаюсь!.. Тапочки есть?

– Да ты не разувайся, полы грязные... – Он проследовал на кухню. Крикнул оттуда: – А диван, кстати, тю-тю! Тот самый. Помнишь?..

– Ой, жалко диван... – откликнулась из туалета Вика.

Пришла, обняла Назарова: – Так странно...

– Что странно? – Назаров разливал по стаканам мартини. – Звыняйте, без льда, ибо холодильник спизжен...

– Странно, что мы снова у тебя дома...

– Так нет больше дома, котик, – Назаров сокрушенно развел руками. – Я человек не жадный, ты меня знаешь... Ведь не в вещах дело, а в том, что они означали. Дом – это не только стены. Еще существует атмосфера. Ее предметы создают. Понятно, что можно новую мебель купить, аппаратуру...

– Мое ты солнышко... – Вика поцеловала Назарова. Он, чувствуя, что не закончил, не растолковал мысль, недовольно отстранился, отступил на шаг.

– Вот конкретный пример: в Москве старые дома снесли, новые построили. Это что, Москва? Формально да, но по духу – совсем другой город! Мне же не просто диван дорог или там стол письменный, а мои воспоминания, с ними связанные!

– А что мешает о них помнить?

– Ты не понимаешь!..

Назаров завелся, схватил с тарелки сырный ломтик.

– Вот еще пример, – не унимался. Сам чувствовал, что занудствует, но остановиться не получалось. – Живет человек, допустим, в лесу. Уехал, возвращается, а деревья вырубили. Пространство леса осталось. А самого леса нет! Объем воздуха, земли – не равны лесу!..

Вика поставила стакан на стол, обвила Назарова: – Я все понимаю...

***

Допили мартини и пошли в спальню. Назаров потрогал матрас, чуть обмякший за пару часов. Сказал: – За неимением лучшего...

Первым снял одежду, лег и смотрел, как раздевается Вика.

Ухоженная. Ноги стройные, бедра без вмятин и рыхлостей, подтянутый живот. Грудь хорошая, самую малость обвисшая от женственной полноты.

Вика легла рядом с Назаровым. Положила голову ему на плечо.

– А как тебе Вадик? – спросила вдруг.

– Чего? – сбился с настроя Назаров. – Вадюха? Нормально....

– Ты бы поговорил с ним...

– О чем?

– Ты разве не видишь?

– Что не вижу?

– Бухает Вадик...

– Чего так сразу... – заступился Назаров. – Может, побухивает... Но это же еще не бухает.

– Чуть не помер зимой. Спьяну поскользнулся, ударился. С легким проблемы были...

– Пневмоторакс... Знаю.

– Я Светку встретила, – продолжала Вика. – Она жаловалась. У Вадика вроде в Белгороде женщина какая-то была. Он к ней мотался. Поговори с ним. Ты единственный, кого он послушает. Он тебя любит...

– Да, – согласился Назаров. – Вадюха меня любит... А про бабу я вообще не в курсе. Он мне не отчитывался.

– Ну, я тебе говорю...

Помолчали. В умиротворенном настроении Назарова стремительно расползалась черная ледяная дыра. Басовой струны будто и не было.

«Ладно, разгонимся в процессе...» – Назаров приподнялся на локте. Поцеловал Вику, взял за грудь. Почувствовал во рту ее горьковатый после мартини язык...

Когда Назаров перекидывал через Вику громоздкую ногу, под коленями неожиданно загулял воздух в подсдувшемся матрасе. Назаров равновесие поймал, но потерял оживший на мгновение бас...

Целуя Вику, напряженно прислушивался к себе – пустота.

Он испугался этого неожиданного дряблого бесчувствия. По телу прошла испарина: «Пиздец, приплыли...»

Оперся на левую руку, а правой попытался исправить ситуацию. «И вот что теперь? – как беспокойные черти прыгали мысли. – Виагру жрать?.. Дожил... Обдрочу и одурачу, поцелую и заплачу...»

Вика тихо засмеялась: – Ну, вот что ты там делаешь?

– Ничего! – разозлился Назаров.

– Давай я тебе помогу...

Она уложила нервного и смущенного Назарова на спину, спустилась нежными поцелуями от груди к низу живота.

«С любым случается», – думал про себя Назаров. А про Вику: «Хорошая, ласковая...»

Вика легла на спину, воспрянувший Назаров навалился сверху.

Вдоволь наслушавшись Викиных протяжных ахов, Назаров решил, что можно и кончить. Резко вышел, Вика как-то очень молодо изогнулась, поза «умирающий балетный лебедь», прильнула быстрым ртом к басовой струне.

— Много так... — вытерла рукой. — Котеночек, я не слишком громко кричала?.. Соседи не испугаются?

— Нормально, они пуганые, — благодарный Назаров аккуратно поцеловал Вику мимо губ, в щеку, чтобы самому в себе не выпачкаться.

— Я в ванную, — Вика убежала, зашумела водой. Через несколько минут вернулась, легла рядом: — Стих вспомнила! Вадик еще на третьем курсе сочинил: «Я любила вас нежно и слизисто...» Эй, заснул, что ли?!

Назаров не ответил. Он уже спал.

***

Матрас к утру испустил дух. Назаров проводил Вику до двери — ей на работу к девяти надо было, и провалялся еще до двенадцати, пока Вадюха не поднял звонком: нашел одного из «китайцев».

— Собирайся, братушка, — предупредил. — Где-то через часок буду...

Назаров поднялся, побродил по квартире сомнамбулой. Болела шея — отлежал, трещала голова — вчерашний мартини с коньяком. Выпил цитрамону.

Изжогой саднил пищевод. На такой случай был припасен маалокс, Назаров проглотил ложку суспензии.

Заварил густого, черного, как деготь, чаю. Для бодрости отжался от пола. Всего двадцать повторений смог – с непривычки заломило в плече. Давно зарядку не делал. А ведь по сто раз отжимался – когда в политехе учился и на дзюдо ходил...

Набрал отца: – Пап, помнишь ты говорил, что эти... ну, из туристического бюро, которые новый офис искали... Может, свяжешься? Ну, просто поинтересуйся...

Возле шкафов Назаров тщательно выбирал туалетную книгу. После раздумий схватил Пелевина.

С унитаза поднял дверной звонок. Назаров отложил «Чапаева», наскоро совершил гигиену и пошел открывать.

Выставив руку, Вадюха произнес с порога, точно со сцены:

> Глаза отверзлись, как сезам,
> Нам дороги – и не ибацца!
> Любовь к родному пепелацу!
> Любовь к отечес-кин-дза-дзам!

Назаров усмехнулся: – Из Пушкина?

– Из жизни... Ну, что?! Николай Карачен-цов открыл глаза?!

– Чего? – не понял Назаров.

– Проснулся, спрашиваю? В себя при-шел?! – тормошил Вадюха. – К смертному бою готов?! За пятьсот американских шеке-лей и холодильник «Донбас»?

– Ты пьяный?

– Не, настроение хорошее, и плюс – тем-перамент... Как вчера прошло? Жеребец?! Ковбой?!. Наза-а-рыч!.. Ну, чё такой кве-лый?!.

«Похоже, выпил», – подумал Назаров. Ва-дюха, если принимал, многословил в такой вот дурашливой манере.

– Я у тебя, Назарыч – золото! – нахвали-вал себя. – За полвечера гада нашел. Вы-числил! Спроси меня как, – потянул носом воздух. – Эй, Большой Как! Ты хорошо по-какал? Потому что нас ждут ужасные опас-ности и страшные приключения!..

Отыскался один из «китайцев». По фами-лии Весниченко.

– В поселке городского типа Васищево. Там окопался, вражина!..

Он с песней промаршировал на кухню: – Лишь только бой угас! Звучит другой при-каз! И почтальон сошел с ума разыскивая

нас! Себе засунул в жопу палку!.. Наш еба-
нутый почтальон!.. Назарыч, у тебя права с
собой? Это здорово, тогда я сегодня штур-
маном. Чаю попьем и в путь!

«Бухает Вадюха...» – расстроился Назаров. «Накатил с утра пораньше, иначе бы
сам за руль сел»...

***

Выехали из центра на бесконечный про-
спект Гагарина. С утра прошел дождь, про-
спект был мокрым и скользким, как угорь.
Назарову Вадюхина «девятка» казалась жес-
ткой и дико неудобной. Послушная «ауди»
управлялась двумя пальцами, тут приходилось цепляться за руль всей пятерней.
Отвык от отечественного автопрома. Да и
просто за четыре года – водить отвык...

– У них там в Васищево лежбище. Склад, –
рассказывал Вадюха. – В бывшем помещении трансформаторной подстанции.

– Уверен, что он там? – сомневался Назаров.

– Я с владельцем вчера говорил, «китайцы» им тоже месяц не платили и идут со
склада на хуй, манатки собирают. Застанем,
сто пудов. Ну, или подождем, если что...

243

– Ага, – хмыкнул Назаров, – устроим засаду...

– Точно... Сидим в засаде, – Вадюха, как фокусник, выудил из воздуха рифму, – едим васаби... Йоу, йоу! Назарыч, а ты помнишь Безлюдовское озеро?..

В юные годы они там летом загорали. Харьковская Майорка для нищих. Ездили туда электричкой, машины еще не было.

Назаров хорошо выглядел в то время – все девки на него пялились. Подкачанный был. А теперь двадцать раз отжался... Интересно, Весниченко этот здоровый?..

– Я вот думаю, Вадюх... «Китаец» по-любому скажет, что ничего не брал и денег нет... Че делать будем?..

– Даже не знаю, Назарыч, – заулыбался. – Озадачил... Поцелуем его в мочку левого уха.

– Ладно, по ситуации...

Из Москвы пришло смс. От Ларисы. Назаров дальнозорко прочел послание, выругался.

– Крыса? – спросил проницательный Вадюха. – Что хочет?

– Не знаю... Заебала...

Разозлила. Хотел ответить: «Иди в жопу», но передумал. Не до нее.

Проехали поворот на Безлюдовку, свернули с трассы на раздолбанную грунтовку.

– Адрес есть? – спросил Назаров.

– Не, по запаху найдем. Я их чую. Щас сюда и направо... О! Прошу пани до бандажу!

Вывернули прямо к подстанции. За невысоким щербатым забором из бетона возвышалась кирпичная одноэтажная постройка. Тянулись гаражи и свежевспаханные огороды.

– Давай к воротам. Где «газелька» стоит. Загружаются. Я ж тебе говорил. «Китайца» пока не вижу...

– Внутри, может...

Заехали во двор.

Двое грузчиков оглянулись на шум мотора и снова занялись своим делом.

Они вышли из машины. Назаров почувствовал легкий боевой мандраж.

– Короче, – наставлял Вадюха, – вначале спокойно...

– Не, спокойно не хочу! – нахлестывал себя Назаров. – На бабло поставил, вещи спиздил!

– Не любишь китайцев!

– Не-а... – Назаров крутанул головой, чтобы прохрустелись позвонки шеи, защелкал пальцами, разминая. – Главное, чтоб он был там!

– Ты ж ксенофоб, Миш-шка, а эт-то зна-чит, – спел на зевке Вадюха, подражая уте-совской манере, – что не страшны тебе ни горе, ни беда-а-! Давай пойдем, Миш-шка, хохлов хуячить, чтоб не терялась бодрость духа никогда!

***

В помещении пахло гниющим железом. Стояли выпотрошенные силовые транс-форматоры, валялись останки релейной аппаратуры и каких-то неведомых Назарову измерительных приборов – как после тех-нического побоища...

В углу, что посуше, были сложены тюки и полиэтиленовые пакеты. Возле них суетил-ся Весниченко. Перекладывал, стаскивал...

– Ты! – крикнул Назаров. Весниченко ог-лянулся.

Мужик лет сорока в простой неprimet-ной одежде. Он не был похож на циничного-го кидалу – обычный ровесник, загнанный жизнью и партнерами. Рыжеватые усики, словно у покойного шансонье Круга. Плот-ной комплекции.

– Узнал? – как можно свирепее спросил Назаров.

Весниченко вздохнул, точно он смертельно устал отвечать на этот вопрос.

– А-а, – отбросил пакет. – Приветствую, мужчины... Чем обязан?

– Ты охуел?! Чем обязан?! – подстегнул себя матом Назаров. – Ты, сука, напрочь охуел! Иди сюда! Чем обязан – он спрашивает!

– Тихо, тихо! – произнес Весниченко самые неправильные слова для Назаровского слуха. Это «тихо» с белгородской поры выбешивало пуще любой грязной ругани.

– Я тебе, блять, покажу «тихо»!

Назаров, как бывший борец, бил не очень хорошо. Хватал куда лучше. Поймал отступающего Весниченко за отвороты куртки, резко потянул на себя. Повалить не получилось – «китаец» был кило на двадцать тяжелее Назарова.

Взялся получше, в два наступательных шага прижал Весниченко спиной к стене.

«Что дальше?.. Подсечь?..»

– Руки на хуй убери! – «китаец» опомнился от наскока, сбил захват, оттолкнул Назарова.

«Жилистый, тварь, и тяжелый, – пронеслась мысль. – Ой, не справлюсь... Он совсем не испугался меня».

247

Постояли друг напротив друга. Назаров начал первым, двинул Весниченко по лицу. Метил в подбородок, но удар вышел смазанным. Весниченко ответил боковым и весьма удачно. Кулак пришелся аккурат в косточку между глазом и виском. Назаров вскрикнул от боли, снова ударил. Правым здоровым глазом увидел Вадюху – тот летел на «китайца».

Худенький легкий Вадюха бил смешно, неправильно, словно разгневанная баба тряпкой, сверху вниз. Однако ж попал в челюсть. Хлестко и жестко. Весниченко упал. Вадюха двинул его ногой в живот. И, не останавливаясь, по голове – дважды. Весниченко только и успевал, что закрываться ладонями.

Вбежали грузчики, Назаров исподлобья грозно зыркнул на них налитым глазом: – Хера приперлись?! А-а?! У нас тут разговор деловой!

И подумал, что мужики убрались обратно во двор не от его слов, а подальше от бесноватого злого Вадюхи – он охаживал свернувшегося улиткой Весниченко. «Китаец» хрипел: – Хватит!.. Да, хватит же!..

Назаров не смог отказать себе в подлом удовольствии разок ебнуть поверженного Весниченко.

Потом сказал Вадюхе: – Реально хватит, а то убьем ненароком...

***

– Мудаки дурные... Ох-х-х же-ж... суки, а... – «китаец» с ненавистью смотрел на них: – Что надо, блядь?!

– Пятьсот баксов! – Назаров чувствовал, как опухает, саднит на виске гематома.

– Уф-ф-ф... – Весниченко перевалился на зад, сел... – Где я тебе их высру?! Я что, печатаю?!

– Апрель у меня жил?! Жил! Гондон ты штопаный! Диван на хуя спиздил, приду-рок?! И телевизор?!

– Какой диван?! Мы свой компьютер за-брали! И кофеварку! – медленно ощупывал ушибленное лицо. – Вот же-ж к-козлы-ы!..

– А холодильник кто спиздил?! – обличал Назаров.

– На хуй мне сдался твой холодильник сраный?! – завизжал. – Мы в апреле всего неделю прожили и съехали! Мудак!

Вадюха крепко цапнул «китайца» по щеке: – Что, блядь, за утиные истории?! Ста-рушку в кедах наебывать будешь!

Весниченко обиженно сопел и тянул кровь разбитыми ноздрями.

Назаров вдруг понял, что «китаец» не врет. Он не брал вещи. И денег у него за апрель нет.

– Ой, дебилы... – стонал и раскачивался Весниченко. – Дебилы...

Вадюха хищно улыбнулся «китайцу»: – Свезло тебе, что тут нет речки Волги. А то бы, глядя на Волгу-матушку, спалил бы на хуй «газельку» твою!

– Да палите! Она не моя...

***

Обычная «утиная история». Китаец хохлов кинул. Поматросил, учредитель, и бросил, оставив бухгалтерские проблемы, долги и тряпичный хлам на складе...

Покатили обратно в город. Левый глаз у Назарова оплыл, но, к счастью, не закрылся – так что смотрел на дорогу двумя. Изредка трогал пальцем набрякшее веко.

Вадюха был весел: – Дни и ночи! У Освенцима печей! Не смыкала наша родина оче-ей!

С битого Весниченко получилось содрать девятьсот гривен – все что в кошельке нашлось.

– Это сколько? – спрашивал Назаров.

– Сто евро. Хватит и на дудку, и на свисток... Забыл! Надо было глянуть, что там в пакетах! И трансформатор взять. Вернуться, может, братушка?

– Плохая примета, – сказал Назаров.

– А ты молодец, Назарыч, – щебетал Вадюха. – Круто «китайца» отвлек, без тебя бы хер его положил, бугаину.

Назаров покивал. Ему было приятно, что Вадюха незаслуженно высоко оценил его неуклюжий вклад в возвращение денег.

– Братушка, я с самого начала подозревал, что они не Дарты Вейдеры, а так – ебанько-подай-патроны. Но деньги-то по-любому забрать было нужно!

– Грабеж это... – неуверенно сказал Назаров. – Если он в ментуру заяву накатает?

– Не станет... Мы ж не отняли, а оштрафовали. Он виноват уже в том, что хату чужую не закрыл и ключи не отдал.

– Ну, да, – согласился Назаров. – Квартира, получается, почти десять дней настежь была. Странно, что вообще хоть что-то осталось.

– Вот и я говорю. Спасибо, что на потолок не насрали...

Назаров вспомнил и засмеялся: – Старушка в кедах! Я такого еще не слышал. Кеды...

– Хорошее слово... – Вадюха пошевелил губами, сочиняя: – Уж близок, близок миг победы! Ура мы ломим, рвутся кеды! Пизда команде, жопа матчу, я на траве лежу и плачу!

***

Потом сидели у Вадюхи дома. Пива купили черниговского и пакет с желтым полосатиком. Назаров ожесточенно жевал, морщился – рассеченная вздувшаяся бровь отзывалась в мозгу болезненными пульсами.

Вадюха шерстил газету «Из рук в руки». Приценивался, звонил: – День добрый, я по объявлению... Телевизор интересует... Я в курсе, что «Фунай» – прочел... Скажите, девушка, там экран какой, черный или белый? Выключенный, разумеется. А вы подойдите и посмотрите. Серый? – усмехнулся. – Ладно... И холодильник «Бош»... А сколько лет ему? Простите, вас как зовут? Очень приятно, меня – Вадим... Знаете, а давайте за все про все – шестьсот гривен. Сам заберу. Допустим, завтра... После обеда. Ну, или когда скажете... Я перезвоню еще, до свидания... Назарыч, смотри, как просто... – обернулся к Назарову. – И диван тебе еще нужен... О, Настька пришла... Настька! – крикнул младшей. – За Срыжиком убери! Или он на улицу пойдет жить!

Светленькая Настя забежала на кухню: – Папа! – вскричала с обидой. – Он – Рыжик! – Увидела Назарова, ойкнула: – Вас побили?

– Не, – сказал Назаров, – об дверь ударился...

Вадюха нахмурился: – Любопытной Варваре, на базаре... – Настя подхватила котенка и скрылась. Из коридора срифмовала: – Подарили «Ферари»!

Пришла старшая дочка – Аня, потом Светка. На все лады сопереживали. Может, лед приложить?

– Болит, – жаловался Назаров Вадюхе. – Баралгину выпить, что ли?

– Водки, – сказал Вадюха. – Таблетки – химия, а водка – натуральный анальгетик. Айда чекушечку возьмем.

Чекушки в магазине не было. И водки Назаров не хотел. В итоге взяли вискаря «вайт хорс» ноль семь. Вадюха убедил, что пол-литра брать нерентабельно.

Пошли за школу, в посадку. Из открытого окна первого этажа доносилась детская песня. Пискля Ежонок выводил: « Мимо белого яблока луны! Мимо красного яблока заката! Облака из неведомой страны!»

Как раз время «Спокойной ночи, малыши».

– Ты за кого голосовал? – спросил Назаров.

– За Юльку.

– Вадюха, братан! Не ожидал... Мы же русские!

– Она для бизнеса обещала... Да по хуй, – Вадюха отмахнулся от темы. – Все равно в тюрьме.

***

– Назарыч, если тебе там херово, в Москве, то возвращайся. Кредит на двоих возьмем, купим станок...

– Рабицу? – улыбался Назаров.

– Ее. Жили-были дед да бабица, была у них сетка рабица... Я станок модернизирую, ангар есть.

– А может, на Гоа уебать? Вадюх? Плюнуть на все и уебать. У меня одна знакомая так сделала. Пишет в фейсбуке: вы долбоебы, загибаетесь в этой поганой Москве, а там люди счастливы...

Вадюха кривился: – Тилимилитрямдия, блядь... Улыбаются и говорят друг другу «Трям», что означает: «Пыхнуть», – Вадюха побулькал запрокинутой бутылкой. – А-а-аблака-а-а! – заорал вдруг надрывным хрипом солиста «Каннибал корпс». – Белогривые лоша-а-дки!..

«А мы ведь реально – медвежонок и ежик», – подумал Назаров. Мысль была смешная, но Назаров почему-то расчувствовался – так, что защипало в глазах. Еле слезы удержал...

– А-а-блака! Что вы мчитесь без оглядки-и!

– Тихо, тихо, – попросил Назаров. – Люди же спать ложатся.

Вадюха замолчал.

– Вискарь кончился... А уже, наверное, не продают крепкое. После двадцати двух...

– Почему? – Вадюха поднялся. – Продают. У нас свободная страна...

Магазин закрылся, пошли в ларек, виски не было, взяли обычной водки и апельсинового сока.

– А можно еще в Непал... – предлагал Назаров заплетающимся ртом. – Будем мантры читать...

Вадюхины глаза из зеленых, сделались дикими, желтыми.

– Непал... Не-пал... – Он всегда так ощупывал слово, прежде чем впасть в сочинительский транс.

Сделал несколько шагов и запел на мотив «Ванинского порта». Так один Вадюха умел – в пьяном угаре рифмовать с ходу целые баллады. Строчка, короткая пауза, новая строчка...

– Я помню поездку в Непал!.. И гул самолетной турбины!.. Я с трапа случайно упал!.. На потные липкие спины!.. Втроем поднимали мое!.. Внезапно ослабшее тело!.. И только стюард молодой!.. Шепнул мне: «С прилетом, брателло!..» Я раньше в Крыму отдыхал!.. И не был ни разу на Гоа!.. Весь год я, как сука, бухал!.. И мне захотелось другова!..

Назаров пытался подстроиться под песню. Не получалось, он лишь размахивал рукой – дирижировал Вадюхиным экспромтом. Прохожие шарахались от них.

– Приехали мы в Катманду!.. Увитые запахом гари!.. Костюм заменил я в пизду!.. На легкое белое сари!.. Будь проклята ты, Кали-мать!.. Что названа черной богиней!..

Вадюху вырвало. Он держался рукой за деревцо, клокотал. Худое туловище болезненно содрогалось в желудочных конвульсиях. Наружу плескало желчью.

Назаров испугался. «Напоил... А ему нельзя... Похудел, болеет...» Вспыхнула мысль: «А вдруг у него рак?!.»

Подумал: «А ведь я одинокий... Папа с мамой... И Вадюха... А больше никого!..»

Представил, что Вадюха скоро умрет. И родители однажды умрут. И мысль эта оказалась настолько невыносимой, страшной, что Назаров не выдержал и заплакал. Вначале неуверенно, а потом основательно, в голос.

Вадюха смотрел отрезвевшими глазами: – Братушка, что с тобой!

Женской отчаянной хваткой Назаров вцепился в Вадюху. – Хули ты так бухаешь?! Сдохнешь ведь! Дурак! С кем я останусь?! Один же как перст останусь!

Назаров рыдал, некрасиво выпятив нижнюю губу. Поразительно – ребенком точно так же рыдал. С обезьяньей губой оттопыренной. И некстати вспомнился фильм «Бойцовский клуб», сцена, где ревут мужики с ампутированными яйцами, жалуются друг дружке...

Было стыдно, но слезы не заканчивались.

– Жизнь проебана вся.. – всхлипывал. – Ни семьи, ни детей! На хуй никому не нужен! На! Хуй! Ни! Кому! – озаренно восклицал Назаров. – Эврика, блять! – И снова зарывался в Вадюхино плечо.

– Отцу с матерью нужен... Мне, Вике... Назарыч, перестань...

Вадюха смущенно оглядывался по сторонам: – Ну, что мы с тобой, как два педика, стоим тут, обнявшись... Чего уставилась?! – спрашивал у проходившей мимо бабы. – Не видела, как человек плачет?!

– Алкашня чертова! – та ругалась.

– Хуй тебе на глупое лицо! – огрызался Вадюха. – Успокойся, братушка... Тихо, тихо... Вот как буду с тобой дружить, если ты такой рева?..

Назаров выплакался и протрезвел.

Пошел провожать Вадюху до подъезда.

– Вика говорила, что у тебя баба в Белгороде... – Голос после слез был капризный, гундосый.

– Назарыч, не пугай меня... – смеялся Вадюха. – Ты ревнивый? Ну, была... Такое шапито! Светка паспорт от меня прятала, чтоб я уехать не мог!

– Ты уверен, что не болеешь? Ты легкое проверял? – спрашивал Назаров.

– Все нормально... Не сдохну... Как же я тебя одного по этой жизни оставлю?

Назаров спьяну не мог вспомнить код домофона.

– Тридцать девять, ключ, – подсказывал Вадюха. – А дальше – семьдесят один, пятьдесят шесть. Семь мужиков выебали одну телку пять-шесть раз. Понял, как запомнить? Ой, братушка! А знал бы ты, какой у меня ганг-банг на карточке в ощадбанке!.. Точно не зайдешь?

– Не, домой поеду...

Пошел ловить машину. Водитель подозрительно оглядел Назарова: – Деньги покажи...

Назаров протянул пятьдесят гривен. Водитель смягчился: – Только это, будь другом, в салоне не нарыгай, ладно? Очень тебя прошу...

***

Полночи крутились пьяные калейдоскопы и цифры. «Допустим, продам дробилки, – высчитал Назаров. – Максимум за десятку.. И что?.. Кредит возьмем... Аренда ангара... Это сколько?» – с ума сходил от тошноты и навязчивой калькуляции.

Хмель вышел, заболела бровь. Проснулся утром – сушняк зверский. Попил кипяченой воды из чайника. Снова лег. Фактически на пол – подкачивать матрас сил не было. Спасался цитрамоном и маалоксом. Сделал из полотенца компресс.

В двенадцать разбудила Вика: – Как ты, котеночек?

Назаров что-то простонал.

– Хочешь, я приеду?

– Ой, не стоит, наверное... Я вчера с Вадюхой перебухал... И ебло вдобавок разбил.

– О, господи, котик... Где разбил? Сильно?

– Ну, случайно ударился... Не сильно... В общем, только проснулся, лежу опухший, страшный и с чудовищным перегаром. Ты меня такого увидишь и сразу разлюбишь.

Вика помолчала, потом сказала: – Так смешно... Еще в школе девчонки советовали, чтобы разлюбить парня, нужно представить его на унитазе – ну, как он тужится, пукает... А мне тогда одноклассник очень нравился... Ну, я представляла его на унитазе, представляла и в итоге еще больше полюбила...

– Викусь, солнце, давай я чуть позже перезвоню, – предложил Назаров. – Чуть отлежусь, в порядок себя приведу...

Снова разбудил мобильный. Назаров измученно по-кошачьи алекнул, потом включил представительский баритон: – Добрый... Да сдаю... Двушка, тихий центр, первый этаж. Две комнаты – раздельные – общий метраж пятьдесят два метра. От метро – два шага...

Все-таки отец в Полтаве время не терял и подогнал клиентуру – турфирма интересовалась.

– Вы знаете, – рассудительно гудел Назаров, – я бы хотел шестьсот долларов... Ага... Ну, давайте – ни вашим, ни нашим – пятьсот пятьдесят... Меня на следующей неделе может не быть, я вам оставлю телефон человека... Вадим Вячеславович. Вы с ним договоритесь... Хорошо... Вот и замечательно... До свидания.

– Замкнутый круг... – сказал вслух Назаров. – Жили-были дед да бабица...

Сетка рабица снова откладывалась на неопределенный срок.

С улицы посигналил Вадюха. Назаров выглянул в окно, увидел «девятку». Холодильник торчал из открытого багажника, похожий на сыр из басни про ворону, что во рту держала...

Вадюха занес небольшой телевизор, улыбнулся помятому Назарову: – Здорово, братушка, я скороговорку придумал. Скажи быстро: подобосравшийся подобострастник!

***

На следующий день Назаров поехал в Москву. Плацкарта не было – даже бовокого, брал купе.

Вадюха провожал. Назаров наставлял по турфирме – что и как.

Вид у Назарова был потасканный – ушиб на глазу за прошедшие сутки сделался черно-сливового цвета. И перегар еще... Проводница косилась – мол, «фу-фу, мужчина, не дышите в мою сторону...»

Почему-то было стыдно перед Вадюхой. Будто слово дал и не сдержал. Хотя ничего конкретного не обещал. И с Викой только по телефону попрощался – тоже нехорошо...

– Вадюха, спасибо, дорогой.

– Да перестань, Назарыч!

– Знаешь, – Назаров с трудом подбирал слова, – у меня ощущение, будто я для тебя чего-то не сделал... И понять не могу, что...

– Успокойся, – Вадюха хлопнул Назарова по плечу. – В следующий раз, когда приедешь, исполни для меня ноктюрн Бабаджаняна!

По Вадюхе не было понятно, он просто шутит или еще иронизирует.

Они обнялись, и Назаров поднялся в вагон.

***

Потом были две таможни. Ночной Белгород окончательно испортил настроение: «Жизнь проебана... Москва-Лариса...»

Назаров долго ворочался – что-то высчитывал. Квартира, дробилки, сетка рабица...

Вспомнил Вадюхиного «подобосравшегося подобострастника» и заулыбался.

Уснул.

Дача

К октябрю я поиздержался. Приятели мне подыскали место для зимовки. Знакомые чьих-то знакомых разрешали пожить у них во Внуково на даче. До мая. Фактически даром, платить только за электричество.

У меня совершенно не имелось загородного опыта. Что я знал о дачах? Туда съезжаются гости. Там спорят, похожие на русалок, девки: – У кого лохмаче? – и неизменно побеждает Хозяйка дачи – у нее, как у героини фильма Тинто Брасса, Миранды...

– А есть веранда? – выспрашивал я у Хозяйки. Мы ехали по Киевскому шоссе. Я то и дело косился на Хозяйку, но видел не благодетельницу, а победительницу в стыдных

264

соревнованиях. Сорокалетняя брюнетка, шамаханский мохнатый типаж.

Я представлял, как стылым вечером вынесу из дома закоптелый самовар. В беседке будет стол, прихрамывающий, словно герцогиня де Лавальер. Я усядусь в скрипучее кресло, утеплюсь пледом, а напротив в дактиле «Бу́-дет-гру Сти́ть-об-ле Та́-ю-щий Са́д...»

– Нет веранды, – сказала.

Мы проезжали мимо крепких кирпичных коттеджей, основательных поросячьих крепостей. А наш щелистый домик был из досок – точно таких же, как и огораживающий его забор. Мне показалось, на почерневшей калитке облезла традиционная зеленая краска, но, присмотревшись, я понял, что это пятна мха.

Полутораэтажная постройка. Треугольная крыша напоминала прижатые к голове ладони, будто домик присел в испуге и прикрылся руками.

Выглядел он трогательно: с резным крылечком, со ставенками, чердачным окошком. Но это было летнее жилье, отличающееся от настоящего дома, как плащ от шубы.

– А тут когда-нибудь зимовали? – спросил я.

– Однажды с мужем жили до декабря, – ответила Хозяйка. – Пока в квартире делали ремонт.

У небогатого помещика камердинер одновременно и стряпуха. Так и здесь – дворик с одинокой раскидистой грушей (кусты вокруг крыльца не в счет) дополнительно совмещал в себе функции сада. На коряжистой ветке висели декоративного назначения веревочные качели.

В доме стоял запах отсыревшей бумаги. Небольшая прихожая была обшита светленькой вагонкой. На полу линолеум. Столик, вешалка, софа. Под окном мутные трехлитровые банки.

Прихожая переходила в комнату – с раскладным диваном и книжным шкафом. Направо – кухонный закуток, налево туалет и лесенка в чердачные покои.

– А сколько дому лет? – Я осмотрел пространство.

– В тридцать втором году построили... Ой, надо бы проветрить, – принюхалась к влажности Хозяйка. – И протопить.

Распахнула окна, впустила увядающие запахи листвы, земли и дыма.

Мне вспомнились слова: поленца и печурка.

– У вас центральное отопление?

Хозяйка поморщилась, словно я задал бестактный вопрос: – АГВ, колонка... А на втором этаже обогреватель.

В кухонном углу, похожий на Мойдодыра, находился древний агрегат – железный бочонок с гофрированной вытяжной трубой. Он растапливался с такими предосторожностями и ритуалами, что я решил – воду для купания безопасней греть в кастрюле.

– Весною будем ее сносить, дачу, – сказала Хозяйка.

– Не жалко?

– Она на ладан дышит. Не дача, а старушка... – очеловечила жилище. – Вы, если что — звоните, не стесняйтесь...

Все, что меня окружало, было пенсионного преклонного возраста – мебель, посуда, отопительный Мойдодыр. Последний так отдышливо пыхтел. Я выключил его от греха подальше – еще рванет...

С чердака приволок масляный радиатор, закрыл окна. Рамы в них были древние, с основательными, точно винтовочные затворы, шпингалетами.

К вечеру похолодало. С чашкой я вышел на крыльцо, постоял под абажуром в желтом осеннем свете. Шелестели порыжелые кусты, кряхтела груша.

Улеглись. Дача скрипела вставными зубами и ворочалась. Зарядил дождь. Мне казалось, я поселился внутри жестяного барабана. Заснуть не получалось, я слушал пронзительно-железное: – Бззз-бззз-бззз...

Весь следующий день, изнуренной бескрылой мухой, я слонялся по комнате. То присаживался на диван, то хватался за книги – как на подбор дачные: Буссенар, Конан Дойль, Стивенсон. Пытался усадить себя за работу, но одолевала спячка. Хотел помыться и не сумел разжечь Мойдодыра.

Звонил Хозяйке, шутил: – Мы с Дачей мерзнем, не можем включить колонку...

Заочный инструктаж превратился в испорченный телефон. Я только нацедил полную кухню газа, устроил душегубку. Соврал Хозяйке, что все получилось, чтоб не считала меня безруким идиотом.

К вечеру Дача заохала, как человек, которому нехорошо. Скрипела, стонала, хваталась за сердце, вскрикивала, лила воду: опять это сводящее с ума «бззз» – будто доят бесконечную корову в громкое ведерко.

Вырубило электричество. Наверное, постарался масляный радиатор. Я посовестился звонить Хозяйке среди ночи. Дождался утра. Продрог и отсырел.

– Снова не можете зажечь колонку? – спросила.

– Нет, у нас с Дачей теперь вышибло пробки. Подскажите, где щиток?

Неприятности случались, обычно, к вечеру – что-то отламывалось, отваливалось, гасло, протекало...

Я наловчился засыпать под звуки разрушения – так домочадцы не обращают внимания на каркающий кашель родственника-старика.

Ледяным ноябрьским утром я открыл глаза. Спал уже в одежде. Проводка не тянула радиатор, разве пару часов, а после вылетал предохранитель. К утру в комнате становилось прохладно, я зяб, поэтому заранее утеплялся перед сном...

Я встал и сразу почувствовал тишину. Дача молчала. Ни хрипа, ни вздоха. Прошелся. Не скрипели полы и двери. Вечно капающая вода больше не сочилась из крана.

Было очень светло и бело. Я поглядел в окно. Двор покрывала бледная изморозь. Кусты и грушу запорошило ледяной пудрой. Качельные веревки были точно из серебра.

Дача остыла, затвердела. Осунулась, как покойница.

Я позвонил Хозяйке.

– Колонка? Проводка? – спросила недовольно.

– Не в этом дело... – я замялся. Странно было это произносить. – Знаете, мне кажется, ваша Дача умерла...

Меняла

Мне было двенадцать лет, и меня именно что отпиздили.

Не поколотили – это безобидное слово из лексикона гайдаровских дачных потасовок: яблочные хулиганы колотят пионеров, а пионеры дают хулиганам по шеям.

Жадин и ябед лупят. Поймали Федьку и отлупили. Что еще происходило в книжках издательства «Детская литература»? Задавали трепку, отвешивали тумаков. Не вспомню, в какой повести отважный мальчик выговаривал уличной шпане: – Вы можете меня избить, но!..

Избить... Меня отпиздили. И прежний мир лопнул, как хрупкий елочный пузырь, – телевизионный ирий Петровых и Васечкиных, эдем кудрявых Электроников и глазастых Алис – все вымышленное советское детство разлетелось на брызги и осколки. До шестого класса я сберегал весь этот художественный пшик, словно праздничный шар в коробке с ватой. И вдруг – хруст стеклянной скорлупы... Отпиздили.

Я не был трусом, не боялся драки как таковой, меня не пугала перспектива подбитого глаза, опухшей кровоточащей губы. Обо всем этом я читал или видел на экране – легитимный бойцовский грим из мальчишечьих историй. Я бы вытерпел боль лицевого ушиба. Были же в моем опыте разбитые колени, сломанное предплечье. Произошло другое – отпиздили...

Точнее – отпиздил. Он. По имени Витя – так мне представился. Позже сообщил, что ему пятнадцать лет, хотя Витя не походил на подростка, скорее, на крепенького юного мужичка – плечи, грудная клетка, на губе шерстились редкие усики. Туловище у него было приземистое, татарское, голова круглая, как у якута, – с темными, гладкими волосами. А лицо привычное, украинское – таких много.

В тот год я поменял школу, мы переехали из городской окраины в центр.

На новом месте все пошло наперекосяк. В этой школе будто собрали ребят иной человеческой породы. Они совсем не походили на моих прежних товарищей. Ни обликом, ни повадками. Одноклассники выглядели взрослее меня, долговязые, пошлые и плотские. Давно уже не дети – точно я на два года ошибся классом. Они прекрасно знали, что такое выгода и благо, – будущие солдатики капитализма. Я был для них пионерским рудиментом из архаичного советского балаганчика.

На уроке мира классная руководительница поинтересовалась национальностью моих родителей – формальная отчетность для журнала.

Я беспечно ответил: – Папа – русский, мама – чувашка...

Какой-то весельчак переспросил: – Чебурашка? Чушка?

Захохотали. Один начал, и остальные подхватили смех, как заразу. Учительница улыбалась.

Я получил записку: «Чушка».

Помню урок пения. Я поднял руку, вызвался. У меня был хороший голос. Может, и не такой звонкий, как у всесоюзного Сережи Парамонова, но чистый.

Я стоял перед хихикающим коллективом и верил, что после песни они меня полюбят. Мне виделась знаменитая сцена из «Электроника» – исполнение «Крылатых качелей». Я запою, и все сбегутся, заслушаются.

Спел. И не мог поверить – они смеялись так, будто с меня упали штаны. Обескураженный, я сел и получил записку с мерзким словом.

Подумать только, я был таким любимым в прежней школе. Заводила, запевала. А тут на тебе – «Чушка – задрот».

Сосед по парте, с которым я пытался подружиться – поразительно, я интуитивно выбрал для общения неуважаемую особь, – отодвинулся от меня! Бедняга испугался, что травля коснется и его. В тот день я принес домой в портфеле дохлую синичку – подсунули, а я и не заметил.

Пятый класс я окончил крепким хорошистом, а в этой школе сразу нахватал троек. Не потому, что не тянул программу, – я был контужен враждебным приемом. Не понимал, чем провинился, как мне себя вести? Я не понравился ни учителям, ни школьникам...

Тяжелый, одинокий был сентябрь. В новой квартире не было телефона, я выбегал звонить прежним друзьям из автомата, пару раз съездил в покинутую школу. Но детская память коротка, меня позабыли за лето, за сентябрь. Я был для них эмигрантом, призраком на спиритическом сеансе.

Витю я повстречал в зоопарке, возле клетки с тянь-шаньским медвежонком. В теплое воскресенье бабьего лета. Таким я был – выписывал «Юного натуралиста» и по какому-то редакторскому велению отправился наблюдать звериные повадки. Я мог еще при этом напевать: «Может, у оранжевой речки, все еще грустят человечки, потому что слишком долго нету нас...» – с меня бы сталось, с комнатного...

И вдруг услышал за спиной: – А ведь жаль его, лохматого... Нехорошо животных за решеткой держать. Им бы на природе жить.

Я оглянулся: – Да, жалко...

Я был в школьной форме. Пиджак с алюминиевыми пуговицами – темно-синий, как обложка ленинского сочинения. На рукаве шеврон с солнцем и книжкой. Рубашка, красный галстук.

Витя – в обычной одежде. Штаны, футболка, кроссовки.

Он вытащил пачку сигарет: – Курить будешь?

– Нет, – я смутился. Вопрос был не пионерским. Дворовым.

– И не надо, – он улыбнулся. – Вредно. Я вот тоже скоро брошу. Надо только волю в кулак собрать... Ничего, соберу! – Он закурил. – Как тебя зовут? А меня Витя! Ну, что – по мороженому за знакомство?

Таких, как я, в СССР водилось много. Кто мы были: обычные Пионеры-Элои. Беспечные существа. Моя катастрофа заключалась лишь в том, что я до последнего свято верил, что из советского детства навсегда изгнана угроза и опасность...

На беду хищный Витя укладывался в кинотипаж хулиганистого, но славного парня. Того самого, который «дает по шеям», неважно учится. Его отчитывают на комсомольском собрании, и он стыдится. А потом совершает бытовой подвиг. Или поступает в летное училище.

Мы болтались с Витей по городу несколько часов. Я доверился и выложил все мои школьные горести – про чушку и задрота, поведал про домашние сокровища. Что у меня лежит прадедовский георгиевский крест, немецкая фляга и обломок шашки, переделанной в нож. Я звал Витю в гости – посмотреть на все это добро, он клал мне руку на плечо. Рассказал, что год проучился в одесской мореходке, но пришлось уйти.

Я огорчился за него: – А почему?

Он погрустнел: – Мать заболела... Но я обязательно вернусь на море! Мне без него никак!

Потом вздохнул: – Я со своим лучшим другом в ссоре. Подрались из-за девчонки. Выручи! Он со мной даже говорить не желает. Пойдем, ты передашь ему, что я хочу с ним встретиться. Я подожду внизу...

Для меня было счастьем услужить новому товарищу. Витя вел через проходной подъезд дореволюционного дома. Мы оказались во внутреннем дворике со слепыми узкими окнами. Две высокие стены и кирпичная перепонка межу ними. В ней проломленная дыра. Куда – неизвестно.

Огороженный мусорный пустырек порос городской бледной травой.

Среди полной тишины я спросил: – В какой квартире живет твой друг? – Двинулся к подъезду.

Витя развернул меня и сказал: – Деньги сюда давай... – Протянул коричневую ладонь.

– Что за деньги? – Я не понял.

– Твои. Которые в карманах лежат. Ну?! – Жадная ладонь превратилась в шлепок по щеке – злой, обидный.

Не передать словами! Ведь не бывает же такого, чтобы бродить в обнимку, кормить мороженым, рассказывать про мореходку, а потом: – Ты, блядь, не понял, Чушка?

В советских повестях водились такие хулиганы, которые на улицах отбирали мелочь. Они выходили из темноты. Говорили шипящими змеиными голосами и отличались трусливым нравом. Им стоило сказать: «Вы можете меня избить, но!..» – и они уползали в свой асоциальный ад...

– Ты можешь меня избить, но!..

В глаза плеснуло горячим свинцовым обмороком. И еще одно ощущение – в замочной скважине сломался ключ.

Я упал. От боли затошнило. Превозмогая дурноту, я смог приподняться, подставил сложенные ковшиком ладони – из ноздрей толчками прыскала кровь.

Второй ослепительный удар – уже кроссовкой. Мне показалось, что лицо разлетелось брызгами, искрами – будто топнули по огненной нефтяной луже.

Я опрокинулся на спину: – За что, за что? – пробулькал.

Третий хрусткий удар в грудь. Захлебнулся, потерял дыхание.

Витя наклонился, пошарил по моим карманам. Отыскал полтинник. У меня и не было больше. Опрокинутый, вытаращенный, я смотрел на него.

Он произнес, словно распростер надо мной перепончатые демонические крыла: – Я тебе соврал! Я действительно пробыл год – но не в мореходке, а в колонии!

Литературщина, перепев Гайдара: «Собака, нашел себе товарища! Я бегу на Дон, только не к твоему собачьему Сиверсу, а к генералу Краснову»...

У меня не было маленького маузера, как у героя повести «Школа». Я лишь шептал, как заклинание: – Ты можешь меня избить, но, – и расквашенный нос ронял на землю, на пиджак красные многоточия...

Витя рассмеялся – татарское туловище, якутская голова, украинский губастый рот. И так двинул куда-то под ребра, что я вовсе перестал чувствовать боль. Точно у меня имелся специальный выключатель, обесточивший все рецепторы.

Я не плакал, потому что слезы для людей. А тут всем заправляла городская чертовщина. Огромный червь, проникший в нежное яблоко книжно-телевизионного вымысла. Не я истекал кровью на том пустыре, а советская художественность – ее опустошенная утроба, из которой я вывалился на свет.

Демон реальности устал глумиться надо мной и вышел через кирпичную дыру в стене. А я поднялся и побежал домой. Откуда силы взялись? Мальчик с клокочущим, будто вспоротым горлом.

Отец был дома. Он повел меня в ванную, остановил холодными примочками кровь из носу, умыл и успокоил. Сказал: – Пошли, найдем его!

Я жалобно вскричал: – Папа, не надо! Он очень страшный!

Я правда думал, что этот Витя расправится и с отцом – просто никто еще не причинял мне столько боли, и я принял ее за эквивалент физической силы.

– Пойдем, – сказал отец. – Не бойся!

Мы побывали в том жутком дворе, мы лазали в дыру, но Витю не нашли. Он сгинул, как и положено нечисти.

В больнице мне вправили нос, зашили рассеченные губы. Рентген показал трещину в ребре. Две недели я провел дома, потом заявил, что больше не пойду в ту неприветливую школу.

Родители забрали мои документы и перевели меня в соседнюю школу – на вторую четверть.

Весь учебный год прошел в ожидании Вити. Я до смерти боялся его повстречать. Однажды мне показалось, что бесовское Витино лицо мелькнуло в трамвае.

Я бежал без продыху прочь, влетел в какой-то подъезд, на последний этаж, сидел до темноты – вдруг неподалеку бродит Витя.

Я приготовил для защиты молоток – отпилил ручку, оставив длины только под кулак. Так и ходил с молотком в кармане. Позже заменил молоток складным ножом. И навсегда простился с призрачным миром элоев и пионеров...

Прошло семнадцать лет. Три года, как я был женат, в Москве вышла моя первая книга, была дописана вторая – про демонов.

Я приехал в Харьков навестить родителей.

Я не держал запаса гривен, инфляция съедала их, точно ржавчина. Я сунул в карман пятидесятиевровую купюру и пошел в обменку.

Был какой-то праздник, все пункты оказались закрыты. Раньше возле таких местечек ошивались менялы – суетливые частники, за которыми держалась дурная слава обманщиков. В девяностые частенько приходилось иметь с ними дело, но к началу двухтысячных менялы почти вымерли.

Вдруг я увидел его. Мне даже мига не понадобилось, чтобы узнать его. Витя! Мой детский кошмар. Он не изменился – все те же голова котлом, приземистость, загустевшие усики. Но теперь я был выше его и вдвое шире.

Витя бродил эллипсами, перечислял шепотом валюты: – Доллары, евро...

Сердце мое колотилось – первый ужас волновал посильнее первой влюбленности.

Панический, с ума сводящий Витя. И вот он рядом. Только руку протяни...

Я остановился. Он бормотнул: – Доллары, евро... Мужик, поменять нужно?

Он не узнал меня. Я понял это по ленивым зрачкам – как у животного в зоопарке, мимо которого за день проходят глазеющие толпы.

Я назвал сумму, он деловито кивнул.

– Давай отойдем, – заговорщицки подмигнул Витя, – тут мусора пасут...

Я не боялся его, уверенный в своем физическом превосходстве, – я мог завязать узлом строительный гвоздь-двадцатку. На крайний случай у меня был припасен нож, крепкий американский складень.

Мы прошли через сквозной подъезд и оказались в кирпичном тупичке со слепыми окнами. Стояли лишь несколько мусорных баков.

Я протянул ему купюру, он изучил ее на свет, сунул под рубашку, принялся отсчитывать из пачки гривны.

И тогда я произнес: – Ты узнал меня, Витя?

Сколько раз я представлял эту сцену... Хотел сказать иронично, зло, но голос почему-то задребезжал.

Витя отвлекся от счета. Лицо его из деловитого сделалось хитрым и настороженным. Он не понимал, чего ждать от меня.

– Семнадцать лет назад. В сентябре... Помнишь?

– Ты обознался, мужик, – наконец он сказал. – Я не Витя...

Я взял протянутые гривны, пересчитал... По мусорному баку пробежала пепельная крыса.

Витя двинулся к подъезду, я рывком развернул его.

– Куда пошел?! Тут не хватает!..

От его рубашки отлетели пуговицы.

– Забирай на хуй свой полтинник! – Он повернулся. Рубашка распахнулась на его груди.

И вот что я увидел.

Со стороны сердца, под ребрами находилась дыра, обросшая изнутри бледно-розовой, как после ожога, кожей – будто Витя был вылепленным и кто-то совочком зачерпнул вещества из его тела. В этом отвратительного вида углублении, словно на полочке, лежали мои евро.

«Болезнь? Последствия какой-то операции?» – думал я. Левой рукой совал ему гривны, правой тянулся за купюрой.

Как ни старался я уберечься, пальцы все же коснулись его внутренней кожи – теплой, живой. Я содрогнулся от омерзения.

Во время прилива, когда море возвращается в свои берега, вода прибывает не только из глубин, но и поднимается со дна, из песка...

Нечто похожее произошло со мной, но в области памяти.

Я взял мои деньги – и это было точно озарение! – одновременно понял, что до настоящего момента я ровным счетом ничего не помнил о страшном Вите и дворике, где много лет назад был растоптан, отпизжен...

Но, прикоснувшись к розовокожей дыре, я будто заново прожил минувшие семнадцать лет, и мне сразу же стало ясно, почему я оказался в этом тупичке возле мусорных баков. Один на один с менялой.

Содержание

Литературно-художественное издание

Михаил Елизаров

Мы вышли покурить на 17 лет...

Зав. редакцией *Л.А. Захарова*
Литературный редактор *Н.С. Кочарова*
Младший редактор *А.В. Сайдашева*
Технический редактор *Т.П. Тимошина*
Корректор *Т.А. Супрякова*
Компьютерная верстка *Г.А. Сениной*

Подписано в печать 20.07.2012.
Формат 84x108/ 32. Усл. печ. л. 15,12.
Тираж 6 000 экз. Заказ № 2046М.

Общероссийский классификатор продукции
ОК-005-93, том 2; 953000 — книги, брошюры

ООО «Издательство Астрель»
129085, г. Москва, пр-д Ольминского, 3а

Изготовлено при техническом участии
ООО «Издательство АСТ»

Отпечатано с готовых диапозитивов в типографии ООО «Полиграфиздат»
144003, г. Электросталь, Московская область, ул. Тевосяна, д. 25